凌翔 主编　　当代作家精品·散文卷

愿你所得，皆为所期

徐宏敏 著

北京出版集团
北京出版社

图书在版编目（CIP）数据

愿你所得，皆为所期 / 徐宏敏著 . — 北京 ：北京出版社，2023.3

（当代作家精品 / 凌翔主编. 散文卷）

ISBN 978-7-200-17852-4

Ⅰ. ①愿… Ⅱ. ①徐… Ⅲ. ①散文集—中国—当代 Ⅳ. ① I267

中国国家版本馆 CIP 数据核字（2023）第 042693 号

当代作家精品·散文卷

愿你所得，皆为所期

YUAN NI SUO DE, JIE WEI SUO QI

徐宏敏　著

凌翔　主编

出　版	北京出版集团
	北京出版社
地　址	北京北三环中路 6 号
邮　编	100120
网　址	www.bph.com.cn
发　行	北京出版集团
印　刷	三河市中晟雅豪印务有限公司
经　销	新华书店
开　本	710 毫米 ×1000 毫米　1/16
印　张	14.5
字　数	200 千字
版　次	2023 年 3 月第 1 版
印　次	2023 年 3 月第 1 次印刷
书　号	ISBN 978-7-200-17852-4
定　价	66.00 元

如有印装质量问题，由本社负责调换

质量监督电话　010-58572393

目　录

第一辑　日暮秋烟起

乡村年味　002
冬至，已至　005
青青茴香菜　008
挖一篮春天回家　010
秋香如梦　013
难忘冬天的烤红薯　016
故乡的冬天　019
妈妈的端午粽　022
儿时乡村的卖货郎　025
故乡的老灶台　027
妈妈的小花园　029
外婆的草鸡蛋　032

草鸡蛋里的时光　034
昨日，如歌　037
暖忆往事　039
沾惹泥巴的小时光　042
那年雪飘，你在笑　044
巷里长灯，陪我从容走过岁月　046
一窗晴日写黄庭　048
星空之下的仰望　050

第二辑　但愿人长久

母亲的心病　054

外婆家的往事　056

岁岁清明，年年相思　060

有种爱叫外婆　063

"偏心"的母亲　065

甜宠老爸　067

一碗竹叶茶　070

和儿子吵架　072

第三辑　那片白桦林

活成植物的姿态　076

文雅之竹　079

睡前读会儿书　082

仲夏黄昏　084

秋雨，江南　086

闲话绍兴酒　089

以笔为药，煮字疗愈　091

喜欢文字的人，是幸福的　094

一生只做一件事　096

留住光阴的方式　098

那些年遇到的小偷　100

生命里的那些温暖　102

远方的"诗意"　104

第四辑　菩提向心觅

- 工作养人字养魂　108
- 热爱可抵岁月漫长　110
- 女人，真不"容"易　113
- 无论何时，记得好好说话　116
- 写作抄袭那点儿事　119
- 有生之年，做个感恩的人　121

第五辑　人生不言弃

- 她曾被苦难折断翅膀　124
- 坚持学习改变了他的命运　126
- 都是钱惹的祸　129
- 摆摊儿的女人　132
- 谁能暖热她的冷　135
- 生命中那个最重要的人　138
- 傻娘　141
- 爱在夕阳下　144
- 有爱的余生最温暖　147

第六辑　浅夏花开时

- 苏州，听听那冷雨　152
- 人生最好的境界：花未全开月未圆　155
- 梨花落后清明　158
- 愿花好月圆，人间平安　161
- 初夏浅年华　164
- 摇落岁时秋　167

第七辑　心是莲花开

人生如水车，须逆流而上　172
人生需要顺势而为　176
读《穆斯林的葬礼》有感　180
读《包法利夫人》有感　184
《乱世佳人》电影观后感　189

第八辑　千古春秋事

世间没有双全法，半僧半俗且红尘　198
张爱玲：山水相逢，那穿越红尘的爱恋　202
李叔同：相聚别离皆是缘　210
三毛：收集世间最后的温暖　215
初见，是一朵花开　221

第一辑　日暮秋烟起

"牛羊窗头挂，闻香见炊烟。"每家院子里都堆满了肉制品和水果，走到哪里都能闻到食物的香味。

一串串红辣椒，绿油油的麦地，伸着懒腰的花脸猫，满院乱串的大肥鸡，太阳下啃着热骨头的流浪狗，被喜庆湮没的乡村，有着最浓郁的生活气息和年味。

乡村年味

久居在外,每到快过春节就迫不及待想回家,因为老家是年味最浓的地方。

进入腊月,特别是北方,集市每天喧嚣异常。人们一大早就陆陆续续去赶集,见面无二话,一句"赶集去"道尽对年的期盼。才到集市边缘,远远就看到攒动的人群。

勤快点的,赶早集的人们已经在回家的路上。三轮车拉着满满一车红色年货,鞭炮、春联、红灯笼、红穗子……全是红红的包装,走到哪里都是一团喜气,热气腾腾。

棉花糖、烤腊肠、糖葫芦……各种风味小吃布满街头。民间艺人杂技表演、舞狮子、捏面人、剪纸、写春联……各种工艺品琳琅满目,红红的灯笼铺展了好几里路。还没过年,就先嗅到了年的气息。

"牛羊窗头挂,闻香见炊烟。"每家院子里都堆满了肉制品和水果,走到哪里都能闻到食物的香味。

一串串红辣椒,绿油油的麦地,伸着懒腰的花脸猫,满院乱串的大肥鸡,太阳下啃着热骨头的流浪狗,被喜庆湮没的乡村,有着最浓郁的生活气息和年味。

祭灶日过后,母亲开始炸面食、炸鱼块、剁肉馅、储备过年的蔬菜,每天都有忙不完的事情。

父亲难得休息,却也不得闲,除了做家务,就是听母亲的各种"差遣",做她的帮手。

厨房里,当当当,吱吱吱,各种声音,各种忙碌。

怕猫偷吃,母亲就把做好的食材放在蒸笼里。蒸笼一共五层,每层都有美味。

我家亲戚多,从初三开始,父母会陆续走亲戚,也会有亲戚到我家来。有时上午来的亲戚还没走,下午的亲戚就来了。怕人多来不及做,母亲会提前备好菜。等亲戚来了,把这些食材再加工一下,很快就能做出一桌好菜。

过年除了吃,就是玩儿了。

闲来无事,人们似乎有聊不完的话题,吃不完的零食。走街串巷,无论到谁家,女主人都会给你端一杯热茶,抓一把瓜子,一边聊一边嗑。

小孩儿的快乐是最简单的,他们眼中的年就是穿新衣、放鞭炮、收压岁钱。寒假就是纯粹的假期,作业总是等到开学前几天才日赶夜赶。因为是过年,大人也不会苛求孩子,任他们去疯去闹,快乐过年。

还不到除夕,鞭炮声已每天此起彼伏。我害怕放鞭炮,每次听到巨响便躲进屋子关上门,父母常笑我胆小。

从小,我就对年有一种说不出的情愫。外婆来、舅舅来、小姨也来,他们给我买漂亮的头花、课外书、背包。有穿不完的花衣裳,还有一堆压岁钱。平时没有的,只要开口,父母都会给买。所有的快乐像是攒了一年,一下子全来了。

多年以后,每到过年我都会怀念儿时的画面:声声炮仗,绚丽绽放;

家人闲坐,灯火可亲。

无论有多忙,我都会在除夕前赶到家里,和翘首企盼我归家的父母,一起过个快乐年。

一担担年货、一副副春联、一排排灯笼……让中国的年变得特别有味儿。家里的年味、乡村的年味,让我对家的期盼越来越强烈。

冬至,已至

冬至快乐呀。

一大早收到朋友的祝福,才知今天是冬至,顿时欣喜万分。

我生于中原,老家的人特别注重这个节日。

外婆经常在我家小住。到了这天,一大早,她和母亲就在厨房忙不停。她把前几日采购的食材全部拿出来,择、洗、切,厨房瞬间被塞得满满当当。鸡鸭鱼肉自然是不可少的,蔬菜都是自家种的,存在地窖里,新鲜着呢。

母亲在旁边剁着饺子馅儿,隔着老远都能听到"当当"声,真喜庆。外婆一边忙,一边指挥母亲做这做那,直呼其小名,仿佛在叫一个小丫头。

忙完了,饭做好了,母亲才想起来自己的小孩儿,见我们还躺在被窝儿里,便捏我们的鼻子和耳朵,催促我们起床。

太阳暖融融的,大白天,公鸡竟然还打鸣。

好天气,好心情。

按习俗，这一天要吃水饺。那时没有冰箱，猪肉一般提前一天买好，剁成肉馅儿。走在胡同口、巷子里，到处都能听到剁饺子馅儿的声音。听老人说，冬至不吃水饺耳朵会冻掉。本来很普通的一天，因有了共同的期许，变得喜庆。

　　一大早就有人在巷子里放鞭炮，仿佛过了这一天，年更近了。蛰伏了一冬天，仿佛春天马上就要来了。小孩子们格外顽皮，因为家长在这一天对他们很宽容，任他们去疯去闹。邻居见面开心，彼此嘘寒问暖，有一句没一句地闲聊。关系好的，还互送饺子。

　　我家跟邻居们关系很好，水饺出锅后，母亲会让我给几家邻居各送一碗，并嘱咐我，要这样说，奶奶、婶婶、嫂嫂，给你们尝尝我家的饺子，不一样的味道。她们喜笑颜开地收下，顺手抓一把早就准备好的糖给我。

　　等我回家时，桌上也有几碗别人家送的饺子。我喜欢吃"别人家"的饺子，不是因为很香，而是因为"不一样的味道"。

　　如果这一天刚好是周日，孩子都在家，一家人围在一起吃着热气腾腾的饺子，会感觉很幸福。

　　如果这一天是工作日，学校是不放假的，母亲会把水饺送到学校。那时的中学是全封闭的，外人进不去。中午放学时，门外站了很多家长，他们都是来给孩子送饺子的。有的家长还怕孩子冷，带了新棉衣。

　　仿佛为了应景，冬至那天都格外冷。每到那一天，我都会冻得发抖，总是里三层外三层，把自己裹成个粽子。心想，坚持一下，冬天马上就过去了。

　　有时想想，那时真矫情，哪有那么冷呀。

　　现在的冬至，好像只有老人才会自己动手包水饺，年轻人大多直接买速冻水饺，或者干脆吃外卖、去饭店，更别提送水饺给邻居了。

　　如果孩子不在身边，大人们会发红包，让孩子到食堂或餐馆美美吃一顿，而不是做好饺子送到单位或学校。

青青茴香菜

　　五月，有太多回忆：如雪的槐花，浅绿色的榆钱，嫩嫩的香椿芽……这些都是儿时的美味，但最令我念念不忘的是茴香菜。

　　茴香菜又叫小茴香，它好种好长，且含有丰富的维生素，可以健脾理气，搭配肉食不腻，因此经常出现在我家餐桌上。

　　每到初春，妈妈就买好种子，让我和妹妹一起种。

　　菜园很大，在我家附近。妈妈在前面犁出一条浅浅的小沟，我和妹妹把种子撒下去，覆上一层土，浇点水，然后坐等发芽。

　　一个月过去了，我都快忘了此事。那天中午放学，妈妈在剁饺子馅儿，她让我去菜园摘一些小茴香做辅料。

　　我放下书包飞了出去。

　　远远望去，一片青葱，所有蔬菜都长高了一大截。尤其是小茴香，长得和我一样高。空气中飘来浓郁的香味。小茴香的茎细长妖娆，叶如松针，尖而短。

　　因为奇香，又高，不同于其他蔬菜，在这园子里，它算是"奇花异草"了。

最后我摘了一大束小茴香。妈妈把一部分洗净、剁碎、拌在肉馅儿里,青青翠翠香香,让人垂涎欲滴。

剩下的小茴香则焯水切碎,和蒜汁凉拌。

放了小茴香的饺子,香而不腻。送给邻居一碗,他们连夸好吃。

小茴香生命力强,撒一包籽长一大片。妈妈常摘了送邻居,他们也礼尚往来,送给我家没有的菜。

长大后,远离故乡,常吃所谓的山珍海味。起初觉得新鲜,日子久了,竟食之无味,越发怀念儿时简朴的生活。

那时没那么多蔬菜,当季有什么就吃什么。青黄不接的日子,吃得最多的就是小茴香。

令人怀念的,还有和睦的邻里关系,大家彼此付出、彼此照应、彼此分享,共同生活在那个古朴的小乡村。

如今久居异乡,虽有归隐田园之心,却无法做到来去自如。邻里之间见面多次态度仍旧冷漠。

那天特别想吃茴香肉馅儿饺子,周边又买不到,就在网上买了点儿小茴香。收到后有点儿失望,小茴香茎叶粗大,跟我记忆中的不一样。

儿时经常吃小茴香,它们刚冒出青青一片就被割了,根本没有长高的机会。网上买的就不同了。现在很少有人专门种小茴香,它们几乎都是野生的。现在的年轻人很少有人吃这菜。

再吃小茴香,被浓郁的味道呛住。嚼在嘴里沙沙的,有点粗糙,像是吃青草,很不习惯。

时过境迁,现在我不再吃小茴香。但回忆儿时,仍觉得岁月悠悠,美好永存。

挖一篮春天回家

　　立春过后，百草还是一片枯黄，白蒿却不顾寒冷，倔强地冒出头儿。它应季而生，是春天最先发芽的小野菜，因旧根而生，故名茵陈。

　　茵陈长得很快，一天一个样，长到野菜大小就可以吃了。有农谚云："正月茵陈二月蒿，三月茵陈当柴烧。"原来茵陈和白蒿是同一植物，只是因季节不同，药用价值也不同。

　　想起从前，农家婴儿出生后，若患有黄疸，便取这茵陈煎汤，加点红糖，喝个两三天便好。小小野菜，居然有如此神奇功效，难怪上一辈人对它爱不释手。

　　现在除了中药房，很少有人用它治病。它渐渐被人遗忘，却不改生命底色，在百草沉寂时，春风吹又生。

　　三月，天气晴朗，虽然乡下还没有春意，但河坡上、马路边、枯草丛中，都有了白蒿的身影。

　　"似蓬蒿而叶紧细。秋后茎枯，经冬不死，至春又生。"好一个经冬不死，至春又生。阳光下的那一丛绿意，在一片枯黄中闪着生命的光泽，让人有点儿心动,有点儿怀念。

小时候,每到初春,我就迫不及待地和发小去挖白蒿。每人挎个小篮子,拿着小铲子,一路嘻嘻哈哈,一边挖一边打闹。春寒料峭,河道里的水哗啦啦地流,野鸭子扑棱着翅膀冲我们"嘎嘎嘎"地叫,麦地里不时有田鸟惊起。

有大胆的鸟在附近蹦蹦跳跳,一边吃食,一边警惕地看着我们。

美其名曰挖白蒿,其实一上午也没多大收获。因为白蒿长出来的时候,很多野菜还没发芽,而挖的人又多,根本就是僧多粥少嘛。我们这样安慰自己,同时又不甘心地避开人群到处寻找。

回到家,我把这些野菜交给家长,自己只顾跑出去玩。等到开饭,凉拌白蒿、白蒿面,其香弥漫室内,让人食欲大增。

春天的白蒿饭,陪我度过了美好的童年。之后的很多年我再也没吃过。

最近去买菜,看到很多农家妇女挖了白蒿卖,一斤五块八块不算贵。很多年轻人围上来问这是什么,卖菜的女人便不厌其烦地讲解白蒿的好处。

最后,这些年轻人往往开开心心地买几斤回去尝尝鲜。我也想吃,但我不想要那种现成的白蒿,我想自己挖,回味一下童年的快乐。

挑个晴天,带上农具和一家老小,浩浩荡荡地出发了。

白蒿刚从地里长出来,新芽初展,嫩叶上覆盖着一层白色,绵软如绒。初芽旁边也长出了侧芽,短小又精致,俯身凝视,像是在贴着地面铺开生长。真是天生地养的好东西。

邻居们看到后,也加入我们的队伍。半天工夫,就挖了满满一篮子。回到小区后,大家坐在一起择菜、聊天。不知不觉半天过去了,直到太阳西斜,才想起做饭。于是,你拿一点,我拿一点,各自回家。

铿铿锵锵一阵洗切后,放几片生姜、一段葱白儿、两粒茴香、一撮花椒,又是一盘佳肴。虽无肉味,却清雅留香。

据祖辈们讲,过去闹饥荒,人们都是靠野菜充饥。每到开春,白蒿刚冒出地面就被一抢而空，根本等不到"三月茵陈当柴烧"。那段岁月，哪个人没吃过白蒿饭呢？

因为白蒿对肝脏好，又香远益清，所以它仍是人们喜爱的野菜之一。闲来无事，挖白蒿，蒸白蒿饭，或者榨汁揉面做野菜团子，然后一家老小围在一起品尝春天的味道，其乐无穷。

汪曾祺在《葡萄月令》里写道："树绿了。雪化了，土地是黑的。黑色的土地里，长出了茵陈蒿。碧绿。"

你看，它都成了春天的一个符号了。别看它不起眼，错过了要再等一年。

想吃白蒿饭吗？这个周末，就让我们约起，挖一篮春天回家吧。

秋香如梦

或许是生于初秋的缘故,我对秋有一种无法言喻的喜欢。

遥远的记忆里,总会有秋天的身影。秋天的故事,也被我小心翼翼地珍藏。

从第一片叶透黄,到最后一片叶飘落,秋天逗留的时间不长,却声势浩大,不容人们忽视。所到之处,都会留下它的脚印。阳光不再刺眼,天空湛蓝高远,大朵大朵的云溜得无影无踪。摆摊儿的老奶奶不再汗流浃背,路过食堂不再有剩饭的酸腐味。等到有一天,你悠闲地走在路上,看到满地的落叶,就会"咦"的一声,叶子什么时候落的?秋天什么时候来的?

天凉了,真舒服,小商小贩乐开了怀。各种秋花、秋果、秋菜、秋雨、秋游……所有的秋事都来了。

入秋后,天气一天比一天凉,露一天比一天重,蝉声渐灭,蟋蟀登场。从初秋到中秋,再到深秋,叶子从透黄到淡黄,再到深黄,像是检验季节变化的试纸。

秋天很短暂，却很可爱。因为短暂，总让人倍感珍惜。因为可爱，总让人流连：在春天的时候想秋天，在夏天的时候盼秋天，在冬天的时候回忆秋天。

孩童时，午后放学，走在乡间小路上，踩着厚厚的落叶，绵软舒服。一阵秋风吹过，透黄的叶子打着旋儿往前跑，哗啦啦作响，染出了秋天的颜色。

走着走着，常有枯枝"啪嗒"掉落，差点儿砸到我。有时小树枝也会掉身上、头发上，轻而不痛。我边走边转圈圈，晕了摔倒也不怕，因为不会很疼。

通往家的路上有一片片农田。那时的村落没有规划，右边是一排排房屋，左边就是庄稼。时逢秋收，大家都在田里忙，三五成群，有老有少，嘻嘻哈哈，累了就歇歇，渴了就回家喝口水，然后回来继续干活儿。

我有时一个人走，有时和同学结伴，但他们常常被田里的大人们叫去帮忙。我妈妈虽然不叫我去地里干活儿，但会交代我做一些力所能及的家务。

回家的路上我默默走着，脑子里想着当天的课文，全然不顾农人的笑声在我耳边回荡。

读初中时，我有个同学，叫艳秋。初听这个名字，就觉得好美。那时特别羡慕名字里带"秋"字的同学，因为这些名字充满诗意，更因为我喜欢秋天。

她长得很好看，像是从画里走出来的。个头高，又苗条，皮肤还好。从某一天开始，再也没见到她。听说她早恋，喜欢上了一个男孩子。

她的父母怕她谈恋爱分心，就把她转到别的学校。后来她考上大学，师范毕业后做了老师。

她曾说过，她最喜欢的职业是老师。如今她总算如愿以偿。

她家就在我家旁边，我们两家关系很好。

屋后有片柿子林，是艳秋家的。那里长着大大小小几十棵柿子树。林子中间，一条经年累月踩出的小路蜿蜒而过。环境清幽，鸟雀成群。儿童放学会经过那里，人们去田里干活儿也会经过那里。日子久了，鸟儿也大胆了，人来了也不惊，依旧我行我素。

柿子还未成熟，就开始供养这些鸟儿。

到了真正成熟时，能吃的也不多。因为有鸟吃过坏了的，还有熟透掉下来的。

柿子熟了，橙红一片，你挤我，我挤你，闹哄哄的。树林也由绿色转成暖色，让人觉得温馨又有食欲。

我伸手就能摘到低处的柿子。但我从不摘，因为低处的好柿子早就被摘光了，剩下的，要么不熟，要么是坏的。我常常望向高处的柿子，它们大而饱满，表面覆一层薄霜，仅看看，就觉得很甜。

虽然柿子林不是我家的，但我每年都有柿子吃。

秋深露重，第一次下完霜，艳秋妈妈就会摘柿子。除了卖钱，她通常会留一些送人，其中就有我家。

我经常爬到树上，有时是为了背课文，有时是为了躲避妈妈。累了就抱着树干眯一会儿，即使真睡着了，掉下来也不疼。因为树低，下面的泥土又软。

静静的风、淡淡的云、流金的岁月，自由自在，天真烂漫。每次想起秋天，我的脑海里总会出现这些画面。

世事纷纭，如白云苍狗。岁月情深，秋香如梦。

买速冻水饺或者去饭店固然方便、节省时间，但少了参与感，少了热闹的气氛。我还是喜欢手工水饺，自己做馅儿，擀面皮，包水饺，然后下锅，盛出热气腾腾的饺子吃一碗。

无论怎样吃，怎样过，都是社会的进步，都是幸福。

难忘冬天的烤红薯

时令进入冬季，凡来尘往的巷子，空气里弥漫着烤红薯的香气。

下班路上，我又看到那位卖烤红薯的大爷。记不清从哪天起，他在这里支了个摊儿，每天做着同样的事情：用长长的铁钳子，把一个个红薯夹进烤炉里。

厚厚的军大衣，火车头帽，一辆旧三轮车，一个生锈的大铁炉，头顶枝叶婆娑，夕阳西下，远远望去，像一幅久远的画。

下班路上的年轻人被香气吸引过来，三三两两围在一起挑着烤红薯。

大爷娴熟地包好烤红薯，又迅速把生红薯夹进炉子，整个动作一气呵成。烤好的红薯卖光了，剩下的就是半生半熟的。有嘴馋的人，就在旁边等，一边取暖一边和大爷聊天儿。

他们的笑容在天光下如花朵般盛开着，火炉里的木炭红红地烧着，红薯的香气弥漫着，寒气仿佛被驱走了几分。

在我老家，红薯又叫地瓜，哪家不种上几亩呢。家家餐桌上都有它，蒸红薯、烤红薯、红薯粥、红薯干、红薯糕……

在那个物质匮乏的时代，人们变着花样吃红薯。而我最喜欢吃的就是烤红薯。通过文火慢烤，水分蒸发后，红薯瓤儿变成橙黄色，香气浓郁，口感绵软。

苏轼有诗云："红薯与紫芽，远插墙四周。且放幽兰春，莫争霜菊秋。"

按季节不同，红薯又分春红薯和秋红薯。春红薯是打春后栽的，因为这个季节雨水多，气候温和，最适合植物生长。春红薯发芽后长得很快，一天一个样，很快就枝繁叶茂。

植株越大，红薯越小。

这时候人们主要吃它的叶子和茎，叶子用来做蒸菜或面食，茎用来做凉拌菜。

这时结的红薯不甜而且丝多肉少，吃起来塞牙，人们通常用来喂猪。

秋红薯就不一样了。秋冬之交，昼夜温差大，阳光充足，有利于红薯生长。经过几个月的秋风雨露，红薯吸收了日月精华，变得特别好吃。

秋风乍起的时候，人们把刨好的红薯藏在地窖，用土掩埋。想吃就去地窖扒几个，新鲜、脆甜，像刚从地里刨出来似的。

在老家，人们喜欢在寒冬围着炉子烤红薯。

我家也不例外。每天做饭，母亲就把红薯放进柴灶里。饭烧好，红薯也熟了。

我放学后第一件事是去找吃的。

红薯被烤得灰扑扑的，有的撑破了皮，渗出了蜜。掸掸灰，掰开一个，香气扑鼻。用指尖轻轻捏起一块薄皮，吹吹热气就往嘴里送。

金黄色的瓤儿细腻绵软，香气溢满口腔。

母亲在旁边劝我"慢点儿吃"，可是小孩子心急，哪能听得进去，最后被烫得大口哈气直流眼泪。

寒风呼啸，夕阳渐隐。暖暖的灯光，冒着热气的食物，一家人的欢声笑语，让我感觉那个冬天不再寒冷。

在学校上课时也会烤红薯。入了冬，天气一天比一天冷，我们冻得直打哆嗦。当时没有暖气，学校就允许我们在教室生炉子。

在下午最后一节课，老师会把我们带来的红薯、土豆等放到炉子上炙烤。蜂窝煤里时不时冒出火星，发出噼里啪啦的响声，快下课的时候，一顿美餐诞生了。

冷冷三九，我们最后一节课是在食物的香气中度过的，琅琅书声在温暖的炉子边回荡。

那时烤红薯根本不稀缺，很少有人卖。现在的街头，卖烤红薯的都是赋闲在家的大爷大妈。他们闲不住，就想到了这个生财之道。

从小就钟情于烤红薯，只要看到有人卖，我一定会买个又瘦又甜的吃。似乎冬天，总有一种味儿和食物有关，少了它，感觉整个冬天都不暖和，过得很失落。

张嘉佳说："美食与风景，可以抵抗全世界所有的悲伤和迷惘。"我很庆幸，两者我都爱。

故乡的冬天

黄昏,在路边买了一个烤红薯,手心的温热和熟悉的香气,把我带回了故乡的冬天。

想念故乡皑皑的白雪,想念那条通往村里的大路,想念家门口的老梧桐,有个少年曾站在树下看蓝天。

工作以后,再也看不到故乡的春夏秋冬。每到放假,本来打算回故乡,结果总被各种琐事缠身,回家之事也一搁再搁。

记忆中的冬天,就是纯粹的冬。阳光稀疏,叶子落尽,树干赤裸寂寞。没有青翠的植物,天气也不会很温和,除了寒风刺骨,还有絮雪纷飞。

一年四季忙三季,到了冬天,就该歇着了。家人团聚,红泥小火炉,房屋里暖暖的。老人给孩子讲童话,兄妹之间戏耍,或三两好友谈天说地,夫妻之间互说情话。当时流行男丁出去打工,妇女在家留守,只有到了冬天,才得闲,家人才能团聚。因此,似乎所有的美好,总发生在冬天。

到了饭点，烟囱里冒着缕缕青烟，家家飘香。香味笼罩在雪地上空，和着暖暖的夕阳，让人觉得温馨许多。

亲亲不过故乡人，依依不过故乡情，只要想起故乡，心头总会涌起别样温柔。

多年不回家，今年放长假，在家逗留数月，总算看到冬天的全貌。

离村近了，越发觉得温暖。村口的大路更宽了，两旁开了好几家大超市，三三两两的人聚在一起打牌，妇女则带着孩子在超市门口玩。

曾在这里，我和玩伴一路打闹嬉戏，比赛看谁先到家。曾在这里，妈妈呼唤我回家。

村里的老奶奶，背更弯了，头发更白了，面容更老了。她笑着跟我打招呼，问我打哪儿来。我起初不认识，多看几眼，也还是能辨认出她是谁。

门前的小树，被风吹雨打过，被夏蝉栖息过，被冬雪吻过，如今变得挺拔，凌霜傲雪。

院里的一切都没变，只是门环惹了些铜绿，老墙有了些斑驳。

母亲年轻的容颜，也被岁月带走了。当年的小院是多么繁华，她是多么年轻。

回家当晚就下起了雪。我最喜欢下雪，因为雪给清冷的冬天增添一丝灵动，带来一点儿静谧。雪落无声，时间仿佛是静止的，万物仿佛都睡着了，世间只剩下凌乱的白雪，洋洋洒洒，无知无畏。它是那样自由，那样奋不顾身，一如少年时孤勇的我。

没想到，寂寥的冬天也蕴藏着大美。

村落寂寂，窗外白雪苍茫，窗里繁花绽放。

妈妈给我做了暖暖的鱼汤，里面加了故乡的红薯粉丝、地里长的小白菜、几片黑木耳，又鲜又暖又好吃。

睡前，我脱了厚厚的棉衣，像儿时那样穿着里衣在床上撒欢。

第二天早上，一睁开眼就有热气腾腾的饭菜：清炒小菜、冒着热气的菜馍馍,还有两个咸鸭蛋、一盘冻白菜。

我沉醉在这温柔乡里,自在舒服,没有压力。我珍惜这平凡琐碎的生活,珍惜和父母相伴的日子。

每一天,都清香淡淡,莞尔风中。原来冬天并不萧瑟,而是充满温暖。

人真是奇怪的动物,当年我义无反顾离开家,如今想方设法回家。年少时以为自己洒脱,现在才明白无论走多远,都无法忘记生养自己的地方。

曾在书上看到一句话:每个人心里都有两个故乡,一个用来怀念,一个用来圆梦。而我的故乡,让我永远热血沸腾,永远怀念、珍藏。

妈妈的端午粽

端午节前,一些商家和"网红"开始促销各种粽子礼盒,有蛋黄肉粽、豆沙蜜枣粽、蛋黄干贝广式腊肠粽、板栗大肉粽,各种花样,各种档次。

小时候,我以为全世界的粽子都长一个样。长大后,才知道粽子有这么多品种。吃了南北派的粽子,我最喜欢的还是妈妈包的粽子。

妈妈很注重节日,每到端午,就颇有仪式感,包粽子、蒸鱼、煮伤力草茶等,忙得不亦乐乎。我最喜欢看妈妈包粽子,有时也会和她一块儿包。

包粽子看似只有简单几步,却是个技术活儿。那时老家流行白米粽,即糯米混红豆,再加蜜枣和白糖。除了红豆是自家种的,其他食材都是提前买好的。

端午当天,一大早,妈妈就去池塘边掐粽叶。粽叶就是芦苇叶,叶面宽大,味芳香,凑上去,就能闻到大自然的气息。

妈妈细心又爱干净,粽叶采回来,她总用清水洗几遍。有时忙不过来,她会吩咐我洗。我常常没耐心,为了节省时间,稍微洗一下就捞出来。她发现后，唠叨我干活儿不认真，然后再重新洗几遍。

新鲜粽叶不能直接使用，要洗净，经开水煮，待叶色泛黄，再捞出来晾干。

一切就绪后，妈妈把白糖、红豆撒进泡软的糯米里，搅拌均匀，然后开始包。

我坐在对面，看着一片片粽叶在她的巧手中变成漂亮的粽子，很好奇。我学着她的样子包，但粽叶不听使唤，总是散开，糯米撒了一地。

妈妈笑我笨手笨脚，放慢速度给我做示范。只见她灵巧地把粽叶反复折叠，卷成一个漏斗状，把糯米放进去之后，丢一颗红枣在中间，封上口，最后用白棉线层层缠绕，再打一个活结，一个小巧结实的粽子就包成了。

妈妈告诉我，包一个粽子，通常用三片粽叶。50片粽叶，大概包15个粽子。粽叶的折叠也有讲究，最下面一片先折叠一部分，三片叠在一起后，右侧折叠90度，再往左折叠，最后撑开才是圆锥形。接下来边放糯米边用勺子轻压，装到一半时，放颗红枣，再用糯米覆盖，最后封口包紧。

经过几番折腾，我终于学会了，但我包的粽子松散，五花大绑，毫无美感可言，妈妈包的则是小小的菱角状，很好看。

我有点懊恼，想放弃。妈妈则鼓励我继续包，她觉得我聪明伶俐，学得很快。听了她的夸赞，我顿时来了精神，和她一起比谁包得快。

粽子是用土灶铁锅煮的，水开后，空气中飘荡着粽叶和糯米香，沁人心脾。再慢火煮一小时，等到粽叶泛黄，就可以吃了。如果想味道更好，可以泡在锅里焖一焖再吃。

我喜欢挑好看的粽子吃，妈妈则吃我包的"丑"粽子。

剥开粽叶，糯米染了些淡绿，清玉一样透明、晶亮。拿一把小勺子，一勺一勺小口吃，软糯香甜溢满口腔。在吃的时候，中间那一块是甜的，边角无味，就要蘸白糖吃。正如袁枚在《随园食单》中说的："有味使其出,无味使其入。"

由于糯米粽子黏糯、甜腻,不好消化,容易吃坏肠胃,有时还会闹肚子。后来,妈妈就用大米代替糯米,成品看来和糯米粽子一样,口感也不错。

成年后,我吃过各种粽子,起初觉得新鲜美味,时间久了,竟越来越怀念儿时的粽子。怀念有阳光的端午,夏风轻拂,绿油油的粽叶在清澈的井水里晃动,怀念妈妈认真洗粽叶的样子。

就像鲁迅先生在《朝花夕拾·小引》中写的:"凡这些,都是极其鲜美可口的;都曾是使我思乡的蛊惑。后来,我在久别之后尝到了,也不过如此;惟独在记忆上,还有旧来的意味留存。"

儿时乡村的卖货郎

还记得卖货郎的吆喝声吗?"大姐姐,小妹妹,可要针啦,可要线,可要青布做鞋面?"

听到吆喝声,人们蜂拥而至,把摊位围得水泄不通。如果商品比较少,挑不到喜欢的,人群便会散去。若货品堆成小山,琳琅满目,卖货郎就不用去别村了,在这村就能卖完。

雪花膏、发卡、儿童连环画、针线包、美容镜、小手帕、贴画……应有尽有。大部分都是儿童和妇女的用品,原来卖货郎早就知道,妇女和儿童的钱最好赚啊。

其中最畅销的就是雪花膏。入冬后,天干物燥,皮肤容易皴。女人爱美,最喜欢买的就是护肤品。

雪花膏最好卖,粉底最不好卖。因为当时的人比较传统,不爱涂脂抹粉。

卖货郎刚摆上货,就被抢购一空。

人们心满意足地回家了。卖货郎则收摊儿,一路摇鼓叫卖,渐渐远去。

那个年代，人们思想保守，觉得挑担卖货是不务正业，因此没多少人愿做这生意。

记忆中的卖货郎，两个月能来一次就不错了。他们走街串巷，饿了就吃百家饭，累了就夜宿农家。他们也不白吃白住，会给些商品以示酬谢。

无论春夏秋冬，都能看到卖货郎的身影。特别是夏天，会有人专门卖冰棍儿。他们骑着自行车，后座放一个大泡沫箱，里面放一个小棉被。

正值麦收，人们都在地里干活儿。看到有人卖冰棍儿，就让孩子去买。那时的冰棍儿就是糖水加点色素再冻成冰块儿：绿的、黄的、红的……五颜六色。即便这样简单，也甜了整个夏天。

一年年，年少的时光就在卖货郎的吆喝声中度过。那时的人们简单淳朴，各司其职，虽无大富大贵，却也清淡安乐。

后来我去县城读书，再也没有看到过卖货郎。

白落梅道："我愿与沿街挑担的卖货郎，询问来处，与行走天涯的江湖戏子，道说平安。"

卖货郎曾经是乡村的一道风景。

渐行渐远的岁月，渐行渐远的人们，天地未变，人却已老。

故乡的老灶台

一别经年，故乡是一个回不去的梦。

"暧暧远人村，依依墟里烟。"古村、炊烟、灶台，这些充满旧时光的名字，每次想起，我都觉得可亲、可恋。尤其是老灶台，在十几年前，乡下没有电磁炉、煤气灶，寻常人家做饭，只能用土灶。

读小学时，做完作业，我经常帮母亲烧饭。因此，童年的记忆里，与我最亲近的就是老灶台。

我喜欢淘米、洗菜，唯独不喜欢烧饭。因为用灶生火，刚点着时会有浓烟，呛得我泪流满面。有时没了柴火，我还要跑到家门口的小树林临时捡些枯枝。如果动作慢了，或者贪玩忘记时间，等到想起来，跑回厨房，火早已熄灭。

因此，我煮的饭经常夹生。

后来，母亲提前把小树枝准备好，给我生好火，待火势旺了，才让我坐在灶前看着。我只需时不时往灶里扔些树枝就可以。我常坐在蒲团上看书，背课文，静静享受一个人的时光。

全神贯注时，母亲进来了，看我认真的样子，送我一个大大的微笑，然后悄悄转身离开。不一会儿，饭熟了，我的课文也背完了，身上也暖融融的。

暮色四合，母亲摆好碗筷。父亲刚好下班回家，一家人围在一起，吃一顿香喷喷的晚饭。灶里余热未尽，母亲盛好饭，往锅里添了几瓢水，盖上锅盖。

吃完饭，母亲再用温热的水洗碗。我常把红薯丢进灶膛烤，半小时后便闻到诱人的香味。待温度退去，剥皮开吃，香香甜甜。儿时的味道很难忘记，也许这就是为什么大街上到处都有人卖烤红薯吧。

寒冷的黄昏，我几乎都是在灶台边度过的。红红的火苗映着我稚嫩的脸，把我身上烤得暖暖的。一簇灶火，一个蒲团，便温暖了整个冬季。

过了几年，有了天然气，但总觉得饭不香，经常怀念用灶台煮的饭。于是母亲又让人砌了一个大灶台。犯懒的时候，就用天然气做饭；想念儿时的味道时，就用土灶烧饭。

至今，我家还有老灶台，只要回故乡，必定会吃一顿土灶饭。

妈妈的小花园

妈妈喜欢侍弄花草，我家院子又大，空地上都被种上了各种花、各种树。

从春天开始，花就没停过：大丽花、鸡冠花、凤仙花、夜来香，还有一些叫不出名字的。花儿把院里的泥土都覆盖了，成了一座乡舍花园。

到了夏天，花都开满了，黄的、红的、粉的、紫的，五颜六色，争奇斗艳。柿子树、桃树、枣树、桂花树，高的矮的胖的瘦的，七八棵聚在一起，如一座小森林。

立秋以后，花就不茂盛了。有的萎谢了，有的结了籽，母亲会收集花籽送人，或者来年种在田间地头，看它们开成花海。

冬天的花园，除了几棵耐寒的植物有一丛绿叶，其他的只有光秃秃的花株。

深秋打霜后，为了防止花树冻伤，妈妈就用塑料布把它们裹起来。等到春天气温回升，再把塑料布扯开，让它们透透气。

妈妈照顾她的小花园，像对自己的孩子一样细心周到。在花开时，有时我们顽皮,跑过去把花摘了,她虽然心疼,但也不恼。

妈妈喜欢把我打扮得漂漂亮亮的。每年凤仙花开,她都会给我染指甲。白天染效果不好,颜料容易掉,她都是在晚上给我染。有时是在我睡着时染,有时在睡前染。

黄昏,她摘一大把橘红的花瓣,放在臼里,和明矾一起捣成糊状,用竹片挑一点儿放指甲上,再用麻叶裹上,以棉线缠紧,然后让我睡觉。

第二天早上,拆掉棉线,指甲就变成红的了。皮肤经常也会染上一点儿色,但不碍事,用肥皂水洗几次就掉了。

这种红,似胭脂的颜色,浅浅的,一点儿也不妖媚,和那个年纪的我们一样,明朗清澈。

染一次指甲,能管几个月。其间指甲长了又剪,最后只有一点儿残留的红。

有了花园,我的童年幸福得像这些花一样。

院里的花、树,大都有来历。有的花是爱花的邻居给的,有的树是从集市上买的,但有一棵不是。

这棵树是桂花树,每次说起它的来历,妈妈都要偷笑很久。这棵树不是买的或别人送的,而是我闹来的。在我六岁那年中秋,我跟外婆去一个亲戚家,她家的桂花树很香,我站在树下赖着不肯走,哭着闹着非要挪到我家去。

那家亲戚哭笑不得,最后只得答应。

还有这样的事?我居然不记得了。

一晃多年,妈妈的小花园不衰反盛,又有许多新晋的"贵人",如凌霄、鸢尾、芭蕉,亭亭净植,清香悠远。

每次回家,我最喜欢搬把椅子,坐在花树下,看日出、蓝天、夕阳、星空,享受快乐的草木光阴。

曾经的理想,在这里都能找得到。原来我喜欢田园生活、喜欢花草,遗传自妈妈。

曾经我是那么瞧不上这种生活，现在却过上了和她一样淡然的人生。原来，平凡圆满就是幸福。

在这里，不仅能感受到妈妈的快乐，还能被花草治愈。看似一个不起眼的小花园，却成了我的精神后花园，我在这里调养生息，品味生命。

妈妈永远是我的精神后花园。

外婆的草鸡蛋

我从小在外婆家生活。

她家的鸡每天都会下一窝蛋,那是真正的草鸡蛋。因为鸡是吃五谷杂粮长大的,平时放养在菜园,吃虫子,吃青菜,又肥又壮。下的蛋即使用白水煮着吃,味道也鲜美留香。

刚开始,外婆每天给我煮一个鸡蛋。她说蛋黄最有营养,可以让我长高个儿。但我只吃蛋清,不吃蛋黄,于是外婆变着法儿给我做鸡蛋吃:韭菜鸡蛋包子、香椿炒蛋、蛋饺……她还拿鸡蛋去镇上加工成蛋糕。我最怀念的是韭菜鸡蛋包子和蛋饺。

外婆细心,做什么事都认真,就连做饭都一丝不苟。她做的韭菜鸡蛋馅儿,除了在韭菜里放鸡蛋,还放粉丝,加猪肉、香干、小茴香,再加调料搅匀,闻着就很香。

我有时很急,想用筷子挑一点儿尝尝,她说有生猪肉不让吃,让我先到院子里玩会儿,等包子出锅喊我。

包子刚上笼蒸一会儿,就飘来肉香。我和玩伴直咽口水,跑到厨房等出锅。外婆看我们猴儿急的样子，为了转移注意力，转身去屋里拿几颗糖，让我们再出去玩会儿。

那时真馋，包子出锅后，我能吃两个。

包子吃腻了，外婆就做蛋饺。做包子时，外婆揉面，外公擀皮。做蛋饺时，外公烧灶，外婆来做。

只见她把蛋液倒进一把老式铁勺，摊开成形，把馅儿放进去，再快速合上，把边缘压紧，煎熟。

我最喜欢吃蛋饺，因为皮儿焦，馅儿多，吃着很香。

吃不完的蛋饺，外婆会放在青菜里，和鱼丸、豆腐炖一锅大杂烩。吃的时候，蛋饺里灌了很多菜汁，让人食欲大增。

长大后吃火锅，有时也会有蛋饺，但在琳琅满目的菜品中间，味同嚼蜡。去菜场买菜，看到蛋饺论斤卖，买了几次，感觉不如童年的好吃。

童年的味道无法复制，之所以令人难忘，是因为不仅有原汁原味的草鸡蛋，还有外婆的爱，以及亲人团聚的时光。

草鸡蛋里的时光

小时候，小姨家养鸡，经常给我们送鸡蛋，所以我吃的都是草鸡蛋。

她家有两处院子，一处住人，一处养鸡。养鸡场总共有多少只鸡，我数不清，因为一进门，全院子的鸡都朝我叫，个个瞪着眼睛，生怕我伤害它们，我根本不敢靠近。

小姨在前面带着我，见我受惊，对着鸡圈训斥几声，它们也就老实了。

然后小姨一边忙着打扫，一边给我讲她养鸡的故事。

我心不在焉，心想，养鸡能有什么故事，不就天天喂点儿食，等着下蛋吗？但我没说出口，因为当时养鸡的收入支撑了她家的"半边天"，小姨视它为自己的事业。

当时小姨夫的亲戚都靠养鸡发家致富，婚后的小姨在家无事，也学起了养鸡。

养鸡很辛苦：半夜要起床喂食喂水；白天要清理粪便，拾鸡蛋，卖鸡蛋……从早忙到晚。

尤其是夏天，更不得闲。因为天气闷热，要用井水给鸡舍降温，否则鸡不仅懒洋洋不肯下蛋,还容易生病。

在饮食上,更要小心。不能给鸡乱吃,只能喂五谷杂粮。有时鸡下软皮蛋,就是缺钙,还要给鸡补钙。

在鸡瘟流行时,鸡通常一倒一大片,这时不仅不赚钱,还赔钱。我就见过小姨急哭的样子。

隔三岔五,小姨都会送鸡蛋来。她养鸡的那些年,我们家吃的都是她家的鸡蛋。

她送鸡蛋,不是用篮子,而是用竹筐,总是装得满满的。送来时,掀开稻草,里面的鸡蛋还是热的,有的带了些鸡毛,显然是刚从鸡肚子里出来的。

前两年她没赚到钱,后来赚了一些钱,又嫌太辛苦,就把规模缩小,只留几十只鸡,自给自足。

小姨非常疼我,经常把鸡蛋攒着,等我周末从学校回家,就让表弟送来。

那时年少不懂事,又不爱吃鸡蛋,就没将这些事放在心上。

后来放假,我到她家小住,有收鸡蛋的商贩上门,小姨说不卖,要留着给外甥女吃。

她每天变着花样给我做菜,除了牛肉、猪蹄,还给我做蛋羹、蛋汤、水煮鸡蛋,最后我吃到见蛋不香。

一个暑假,我长胖了,小姨的荷包扁了。

我曾问小姨,你为什么这么疼我?她说,她就想对我好,因为喜欢小女孩儿。

我有两个表弟,而且特别调皮。大概每位母亲都希望养一个可爱的女儿吧。虽然我不是特别可爱,但在小姨眼里,我哪儿哪儿都好。

如今,小姨有了孙子,家里养的几只鸡,下的蛋都给孙子吃。过年去她家,她给孙子蒸蛋羹,顺便也给我蒸了一碗。她说,我小时候最爱吃蛋羹。

看着她小心翼翼地喂孙子,我仿佛又回到了年轻的小姨给我煮鸡蛋的旧时光。

小姨总是那么忙,年轻时忙着带表弟,年老时忙着带孙子,忙且快乐着。她依旧那么乐观,回忆过去时,脸上都是幸福。

我在小姨家只逗留半天就走了。车子缓缓驶离乡间的小路,我一回头,看到了她张望的身影。

昨日，如歌

今年春晚，我看到了曾经很喜欢的歌手。当熟悉的旋律响起，看到当年的"小鲜肉"站在台上，有点感慨，有点小激动。那些年的青春，像金子一样闪着光。

读书时我很喜欢歌手 A，每天都会听他的歌入睡，买过他所有的专辑，听过他所有的歌，只要杂志上有关于他的文章，我都会收集。

他的歌唯美清新，有点怀旧，有点调皮，有点伤感，像有魔力一样，百听不厌。不单我喜欢，我的同学也喜欢。毕业时，我还买了他的专辑送给同学。

我的室友娟子最喜欢歌手 B，她在宿舍墙上贴了很多歌手 B 的海报，枕边也放着有关她的杂志，书包里藏着她的歌带。她只听她的歌，而且总是单曲循环，最后大家都听腻了，一致要求换别的。

平时聊天，娟子开口闭口都是歌手 B。如果有人说这歌手的坏话，她马上反驳，半开玩笑地说："不准说我家小 B 的坏话……"然后扮个鬼脸。

娟子矮小微胖，脸很圆，略黑的皮肤上散布着小雀斑。眼睛小小的，鼻子扁平。按大众的审美，她并不算漂亮，但性格豁达开朗。她特别喜欢跟漂亮女孩儿玩，也许人都是喜欢自己没有的，所以才这样吧。

她说最喜欢 B 的大眼睛，很多时候，她都背靠墙壁翻 B 的相册，希望像 B 一样漂亮，被宠成公主。

我也喜欢 B，跟娟子要张照片，她舍不得给，只让我看。因为有些照片是绝版的，网上没有，她如宝贝一样珍藏。

毕业后，她考上洛阳一所军校，我则选择复读。

毕业那天，我们在宿舍收拾行李，我放歌手 A 的歌，她放歌手 B 的歌。听着听着，她停了下来，呆呆坐着，痴痴地说，时间过得真快，毕业了……

其他宿舍人去楼空，我们宿舍的人却留恋着不肯走，直到宿管阿姨要锁大门，过来催促，才依依不舍离开。

一晃，这么多年过去了。

现在想想，少女时代的感情真是单纯热烈，喜欢一个人，就尽情喜欢；喜欢做一件事，重复做也不觉得无聊。

不知那女孩现在是否还喜欢歌手 B？是否还保留着她的相片？

我收集的歌手 A 的照片和磁带，在多次搬家后不知去向。工作以后再也没有追过明星，甚至连电视剧都很少看。

现在，听着熟悉的旋律，我又回到了闪光的青春时代，想起操场上的篮球架、红色的跑道，还有墨发飞扬的少年，以及教学楼前的百年银杏。

暖忆往事

过年回老家，碰到几位同学，她们都没怎么变，只是各自的身边多了一位小朋友。不知谁提了句"我们去小学看看吧"，一句话，勾起了回忆。于是，带着孩子，浩浩荡荡出发了。

我们到的时候，已是夕阳西下，灰蓝的天边只有一抹红。

学校显然被遗弃很久，到处是断壁残垣，颓败不堪。红砖、青瓦、白墙，门头上的"半山小学"几个字还在。大门两侧，"好好学习，天天向上"几个大字已经剥落，顽皮的孩子在上面胡乱涂鸦。

大门的锁已生锈，里面的树东倒西歪。时光腐蚀了栏杆，上面锈迹斑斑，用手揩一下，就会沾染赭色的铁锈。

曾经，这道大铁门拦住了早到校的同学。身手敏捷的顽皮孩子，总是像猴子一样攀缘过去，因此栏杆被磨得锃亮。

曾经的参天大树像耕作一生的老黄牛，倒在地上，再也没爬起来。

那时学校没有绿化，教室旁边的空地上种满油菜，四周围一圈篱笆。每当春天来临，油菜花开成一片金黄，明灿灿的，引来很多蝴蝶。

下课后，我们便跑到油菜地里捉迷藏。

劳动课通常不在教室里上，集体去油菜地拔草。我不爱去，趴在教室书桌上睡觉。校长走过来，批评我不热爱劳动。我往往噘着嘴巴很不情愿地加入队伍。

这次回老家碰到老校长，他打趣地问，从前经常批评你，有没有记仇？

我忙说没有，然后心里一阵温暖。那段时光对我来说太美好，我怎么会记仇呢？

至今，我都记得小学一年级数学和语文两位老师的名字，记得他们的一颦一笑。我记得班里最调皮捣蛋的学生，还记得我的第一个同桌……

当年的教室已成鸟儿的天堂。这个季节，依然有麻雀在叽叽喳喳。灰灰的瓦檐上零星长着荒草。房屋是那么低矮，完全不是我小时候巍峨高大的样子。

我站在学校门口，仿佛回到当年，简陋的教室，三尺讲台，书声琅琅。一个扎着马尾辫，穿着鹅黄衣衫的小姑娘，正小心翼翼包着书皮。

那时，乡下没有娱乐场所，有孩子的地方才有喧嚣和快乐。学校的小卖部是村里唯一的商店，家家户户的日常用品、柴米油盐、儿童玩具、零食、作业本……统统来这里采购。那时的小店，生意真好，尤其是放学后，常被挤得水泄不通。

马戏团偶尔会下乡表演，他们会选择在学校附近安营扎寨。因为学校在村中心，周边住满了人家，有人气。放学后，家长会去接孩子，看到马戏团，回去做个广告，更多的人便知道马戏团来了。

时值深秋，大雁南去，秋风萧瑟。农忙结束，颗粒归仓，劳累一年的人们也该歇一歇了。马戏团的人化好妆，穿上表演服，身材袅娜，像一只只蝴蝶，轻盈地在钢丝上起舞。

观众屏住呼吸，生怕叫出声惊吓了他们。

我往往是没有兴趣看的，趁着母亲心情好，我就撒娇要零花钱。她本想拒绝我，又怕我闹，便把钱给我。拿着钱我就跑到小卖部买零食吃。

时光拉得很长很长，回忆遥远又清晰。同学喊我拍合照，我凑过去，挤进了镜头里。照片上，大伙儿开心的样子，像极了小时候。

沾惹泥巴的小时光

刚下过暴雨的路，有些湿滑，有些积水。小孩子穿得干干净净出来，见了积水就被带着离开。只有一位妈妈任孩子玩水玩泥巴，孩子弄脏了妈妈给擦，不阻止不呵斥。

顿时感觉这孩子好幸福啊。

小时候，我的梦想就是尽情玩泥巴，不用管是否沾满衣，不必担心被责怪。但这是不可能的，因为妈妈很爱干净，只要我玩泥巴她就不高兴。所以我都是偷偷玩，等回家前再把手洗干净，把衣服上的泥巴掸掉，这样她就不会发觉。

后来她不再阻止我玩泥巴，竟然是因为邻居家的小孩儿。她家过分爱干净，后来新添了婴儿，婴儿皮肤起湿疹，涂了很多药膏也不见好。后来，家里老人去找了些沙质泥土，让孩子没事就坐在上面玩玩，湿疹竟然奇迹般好了。

老人说，泥巴看着很脏，却可祛病毒，还能增强免疫力。小孩子就要接地气，多玩玩泥巴，这样才能把毒气祛除。

后来，我再玩泥巴，妈妈也不责怪我了。过了两年，我不玩泥巴了，因为长大了。

童年的泥巴，有夏天的味道。童年的心，是阳光的。童年的快乐，是简单的。

长大后，每逢不开心，我喜欢把泥巴捏成各种形状，自娱自乐。很多时候，想放下一切，跑到空旷的田野大喊几声，释放一下积压的情绪。或者去雨后的小树林走一走，呼吸一下新鲜空气，闻一闻泥土的芬芳，让烦躁的心静下来。

有人说，泥巴有大自然的味道，能赋予人来自大自然的免疫力。这也是我喜欢它的原因。

那天在公交站台等车，一辆汽车飞驶过积水，溅了我一身泥水。当时很生气，很想骂人，积压很久的情绪全涌上心头，像泄洪一样，眼看着要爆发。没想到司机在不远处停下车，回头朝我招招手，很抱歉地说，对不起，开得太快，没注意前面的积水。

于是，满腔的愤怒烟消云散。到家的时候，这些泥巴干了，用手搓一搓，拍一拍，衣服干干净净。

这件事给我上了很好的一课，我由此想到平时遇到的各种各样的烦恼。有时候，人生的不愉快就像这泥巴，风吹吹就干了，拍拍就掉了。

《银魂》里说："人不是什么时候都活得光明正大，本想抬头挺胸前进，却不知道何时就会沾一身泥巴。不过，即使那样也能坚持走下去，总有一天泥巴会干燥掉落的。"

不开心时，记得拍一拍，拍掉心上的泥巴，做回纯粹的自己。

那年雪飘，你在笑

　　冬至这天，母亲给我打视频电话，问有没有包饺子吃。我说有，但做不出小时候的味道。

　　视频里她淡淡笑着，对一切都坦然，对过去没有留恋，对未来也没有殷切期望的样子。其实我知道她在隐藏自己，因为老人最不喜欢表露情感。

　　我说很怀念小时候，有时候挺想家的。外面虽然好，但总觉得不是自己的家。

　　我眼里的家有鸡有鸭有小院，有几亩薄田，日子有闲。相比之下，现在的家不叫家，叫"栖身之所"。

　　她说，既来之则安之。你就算回家，也不能过从前那样的生活。因为年轻人都留城了，剩下的都是老人，不再热闹。村里很多人家的房屋在翻建，看上去也很颓废。而且过几年要拆迁，即使回来，也没有院子住了。

　　难道这一切都要结束了吗？多么希望岁月永驻，母亲不老。她在我这个年纪时，还很年轻，每天都笑着，带领几个孩子把日子过得活色生香。

　　一转眼过去多年。故园漫漫，回忆里只有相思。想起那年回家，母亲坐在院子里做针线活儿，风轻轻拂起她的白发。

故乡之美，美在庭院，美在悠闲，美在母亲。

也许有一天我会归隐田园，寻一僻静之所，悠然度日。

我经常怀念"天地是我屋，月亮当蜡烛"的广阔天地。

越来越怀念生于斯长于斯的土地，怀念家门外那片小竹林和一方菜田。

怀念那个扎着羊角辫，走在蜿蜒的小径上，踩着厚厚的落叶，去树林里摘霜打过的柿子的小女孩儿。

怀念有月亮的晚上，我和弟弟妹妹捉迷藏。

怀念隔壁的"二傻"，流着鼻涕给我家送来一瓶红彤彤的番茄酱……

怀念寒冬瓦檐上的"琉璃"棒，怀念冬日雪原。

儿时，我见过倾盆大雨，见过冰冻三尺，见过"天狗食月"，也见过天际的火烧云。

每年冬天，家乡都会下几场雪。

"今冬麦盖三层被，来年枕着馒头睡""柴门闻犬吠，风雪夜归人"，这些都是乡村生活的真实写照。

夜雪无声，第二天推开门的刹那，世界干干净净，全是白。庭院铺了厚厚的积雪，出去一趟，脚底满是雪泥。

我们也不怕冷，跑到院里扫雪。美其名曰"扫雪"，其实是玩雪。在雪地打滚儿，吃雪，堆雪人，不一会儿，雪地被我们踩得又硬又滑……

闭上眼，春有春的记忆，夏有夏的美好，秋有秋的故事，冬有冬的童话。一幕幕，一段段，美好的记忆总是那么完整又清晰。

一切如昨，下课铃声还响在耳畔，妈妈的呼唤划破长空。袅袅炊烟，小小村落，路上一道辙。

曾经，我对那片土地不屑一顾，远走他乡。如今，我如愿以偿，回首却苍茫。

花无重开日，人无再少年。多么希望，我永远是那个长不大的小女孩儿。

感恩故乡给我如此美好的回忆。

巷里长灯，陪我从容走过岁月

  下班路上，路灯闪亮，我的心也跟着欢呼雀跃。暖暖的灯光把夜空染成橘色，寂冷的黄昏便多一份温馨。远远看到我住的小区，万家灯火，明明灭灭，充满浓浓的人间烟火气。
  我一直都喜欢初冬温暖的灯光，仿佛有它在，回家的路就不会孤单。
  从前，乡下是没有路灯的。每到晚上，万事万物都隐匿在黑暗之中，四周清寂荒凉。
  读小学那年，爸爸要去市里上班。他每天六点起床，晚上八点多才到家。回家的路漆黑一片，爸爸都是凭感觉摸黑前进。妈妈怕路上不安全，就给爸爸买了一个手电筒。有了它，爸爸回家的路仿佛变短了，他总是早早到家。快到家时，他喜欢用手电筒往院子的方向照来照去，我们收到这个信号，会飞快地打开大门迎接他。
  爸爸上班后，妈妈让人在院子里安了一盏灯。冬季昼短夜长，乡下没有娱乐，到了晚上就毫无生机，无趣得很，只能早早睡下。有了这盏灯，院子里被照得亮堂堂，如同白昼。晚饭后，院子就变成我们的游乐场，等爸爸下班的时光不再漫长。

有一次，九点半了还不见他的踪影，妈妈急得团团转。她抱着妹妹到村口张望，我则在家看守。

夜风呼呼刮着，寒冷和孤单一并袭来，我胆小不敢四处张望，只能透过树梢望向天空。然而天空漆黑一片，连颗星子都没有。

随着恐惧加深，我迫不及待打开所有的灯，包括院子里的灯。我永远记得灯亮的瞬间是何等的温暖，"啪啪啪"，开灯的声音赶走了黑暗与恐惧。炽热的灯像个小太阳，照亮每个角落。家里变得明亮，我再也不害怕了。

后来，妈妈终于等到了爸爸。原来，一个邻村人的自行车坏在了半路，爸爸也不再骑车，两人推着车子，一起说说笑笑走回家。

妈妈在村口远远便认出父亲的身影，大声叫着他的名字，怀抱里的妹妹则拍着手喊爸爸。爸爸也早认出了村口的妈妈，等走近了就批评她不该在寒冷的冬夜带孩子等他。

听到自行车链条声和沉稳的脚步声，我知道他们回来了，便飞快打开大门迎接。妈妈一如既往笑我胆小，一个人在家时就打开所有的灯。爸爸则笑着说，每次走到村口的大路，看到这盏灯，知道家就在眼前，就会走得更快了。

当初以为爸爸说的是玩笑话，后来才知他所说的不假。那盏灯不仅照亮了院子，还是一盏指示灯，指引爸爸回家。

成家后，我和先生约定，无论对方回家多晚，晚上都要为对方留一盏灯。寒冷的冬天，每次加班到很晚时，一想到家里有一盏灯为我而亮，便觉得很暖心。

一窗晴日写黄庭

网上看到这样一个词"阳光不锈"。意境真美。它适合形容并不耀眼的秋冬暖阳。

想想，在一个安静的午后，阳光温和，不刺眼，不冷淡，悄然洒落，把树叶照得绿油油的，像抹上了一层油。远处的山峦镀上一层金光，湖水也映上了蓝天白云。

日头低低的，风暖暖的，吹开了我少年时的梦。

记得小时候，没有电热毯提前暖被窝，为了睡觉时能盖上暖暖软软的被子，只要有太阳，妈妈就会晒被子。我家院子宽敞，没有遮挡，阳光灌进来，完全倾洒在被子上，就这样被子能柔柔地晒上一整天。

到了晚上，钻进热腾腾的被窝，闻着阳光的味道入睡，一夜好梦。

儿时的冬天，如果你问我对什么印象最深刻，那么第一个闪入脑海的就是红彤彤的大太阳。有阳光的日子，心情总是愉悦的，仿佛这漫长的冬天很快就会过去，春天马上就会来临。如果哪段时间接连下雨，那我的心情也会跟着下几天雨。

到了大晴天，妈妈拿出被子、衣服、鞋子晾晒，我也会拿出我的书包和书本，连同发霉的心情一起晒晒。

看着满院子的衣物，妈妈打趣地说："每到大晴天，我们恨不得把家都搬出来。"你看，我们跟阳光多亲。

周遭安静，大自然的一切声音仿佛都消失了。这样的午后，我喜欢背对阳光写字，尽管那样对眼睛不好。一边写，一边听着笔摩擦纸张的沙沙声，心也跟着专注起来。后背晒得暖暖的，很舒服，好像有人在温柔地给揉肩膀。一双小手由冰变暖，手心还沁出了汗。

这阳光晒得我酣畅淋漓。

后来读到一句诗："剩喜今朝有奇事，一窗晴日写黄庭。"感同身受，仿佛又回到从前家乡的小院，又回到晒太阳的午后。

儿时的我就是这么喜欢暖，喜欢阳，喜欢这一寸一寸的草木光阴。寒凉的季候里，连穿的衣衫都偏爱暖色。鹅黄、橙黄、橙红，淡淡的，浅浅的，不明艳，不招摇，让暖光绵绵沁入心间。

现在我依然喜欢阳光。只要周末碰上大晴天，我都会去郊外采风，晒一晒发霉的心情，在天光下奔跑，欢呼，追逐。

阳光是最好的医生，它让雪变成小溪，让暮霭变成晨光，让寒天变得和煦灿烂，让潮湿的心变得明媚。我爱这"不锈"的暖阳，爱这人间草木，更爱这一寸一寸的大好光阴。

余生，趋光而行。

星空之下的仰望

月上蕉窗，竹影婆娑，星空下，清辉轻柔如纱。这样的夜空，我最喜欢。

传说，每当世间故去一人，天上便会多一颗星，在某个角落，默默守护他的亲人。我对这个传说深信不疑，而且一直都觉得，逝去的外婆一定在每个夜里默默守望我。

那年夏天，外婆去世，我高烧不退，整夜整夜睡不着，每日神游天外。我接受不了外婆的离世，甚至想过扒开坟墓，看看她是不是睡着了，是否还能再活过来。我想和她说说话，聊聊心事，听她讲讲过去的故事。

妈妈听了我的想法很惊愕，她摸了摸我的脑袋，确定我没有生病。她狠狠批评了我一顿，让我从悲伤里走出来，接受现实。

如果外婆知道我这样，肯定会很伤心。

我没有刻意忘记，只是从此不再提起外婆。

日复一日，几个月后的一天，发现自己不再那么难过，只是在很多个夜晚，总望着星空发呆。

那时没有雾霾,晚上的天空深邃清澈,星星很亮。北斗星、金星、天狼星,还有银河和偶尔划过的流星,星星们华丽呈现,一闪一闪的,像是黑色绸布上缀着的钻石。

流星划过时,我马上闭上眼睛,默默许愿:希望外婆能够走进我的梦里,告诉我她在那个世界过得怎么样。

如果可以经常在梦里见到她,我便再无遗憾,更不会悲伤。

然而,我经常做梦,但很少梦到外婆。

失望,失落。

有时我想,是不是我不够诚心?或者,是不是我不够爱她,所以连梦到她都成为一种奢望?

外婆去世的那个暑假,只要想起她,我就睡不着。

夜,很静。月华如练,清辉洒在床上,竹席泛着柔柔的白光。我喜欢透过木质窗户看星空,看月亮璀璨光华,看银河如带,看北斗星在苍穹一角闪烁。天空偶有飞机掠过,因为它们有灯,从地面望去也像一颗颗小星星,所以我戏称它们为"走星",意为行走的星星。

晴朗的晚上,天空就像在举办一场盛宴,各种星星登场。

这些星星里,会不会有一颗是外婆?无论有没有,我想她是不会记得我了。轮回路上,前尘往事一笔勾销,不是世间人,不问人间事。她既已不在这个世界,我也应洒脱放下,过好自己的生活。

苍穹之大,无边无际,我们都是浩瀚宇宙里的一粒尘,个人感情更是轻若纤尘,太微不足道。

唐代诗人张若虚在《春江花月夜》里写道:

江畔何人初见月?江月何年初照人?
人生代代无穷已,江月年年只相似。

是啊，月，还是古时月；人，已非当年人。无论我们接受与否，时光，不会停下它的脚步。

世间万事，总是悲喜参半，人生没有过不去的坎儿。我们要学会放下，放下执念，卸去心灵的负担。

万事万物始于黄土，终于黄土，我们后辈要延续前辈的生命，在这片土地上晴耕雨读，过好自己的生活。

第二辑　但愿人长久

"一样花开一千年，独看沧海化桑田。一笑望穿一千年，笑对繁华尘世间。"纳兰容若的词，总是能戳到记忆深处。花开花谢，沧海桑田，人成各，今非昨，梦中锦绣，茅檐燕子年年。

母亲的心病

十几岁那年,我生了一场小病,请假在家休息。

母亲突然对我很温柔,不再像此前那样,做错事就严厉批评我。

即使做错事,她也会笑着讲道理,不再没完没了地说教。

她还经常给我煲鸡汤。有时一连好几天不吃肉,她会喃喃地说,这样下去身体怎么能养好啊!

那段时间我作息紊乱,经常白天睡觉,晚上失眠。怕影响家人休息,我总伴装睡觉。

有一次,我起夜,经过母亲的房间,里面传来说话声,很低很轻,在夜里显得很诡异,我不禁心生惧怕。

透过门缝,我好奇地打探。借着月光,我看到母亲跪在菩萨像前,求菩萨保佑女儿长命百岁,宁愿减寿十年也要女儿安康,言语诚恳,声泪俱下。

我惊呆了。母亲是个无神论者,性格倔强不服输。从前她是多么开朗,无所畏惧,现在她为了我而求神拜佛,夜不能寐。她变得心事凝重又多愁善感，这一切都是因为我病了。

第二天中午，母亲抱着一块裹着红绸布的石头回来了。她是那么小心翼翼，如获至宝。

这块石头是姑姑从泰山带回来的。算命的说，此石经过千万年风化，吸收天地精华，颇有"灵气"，可以"辟邪保平安"。

这个算命的是母亲从外县请来的，据说是"神算"，可以"未卜先知"。

他在院子四周转了转，口中念念有词，然后一本正经地说，院子有煞气，需要泰山石镇宅。交代了化解方法后，他又给我算命。

他对母亲说，你女儿是个长寿之人，这点小灾小难只是暂时的，以后会有大福报。母亲听了，长舒了一口气。

算命的告诉母亲埋石头的方位。母亲按他的吩咐，埋好了石头，又在表面做了掩盖。

看她迷信的样子，我不禁哑然失笑。母亲啊母亲，你的胆子什么时候变得这么小了？从前那个雷厉风行不惧一切困难的你上哪儿去了？

可怜天下父母心，我的小病竟然成了母亲的心病。她为我祈福，又请"神算"为我算命，化解"凶煞"，这看起来不可思议，却最有情意。

外婆家的往事

中考前夕,外婆离开了我,无忧无虑的我第一次尝到了生死离别的滋味。当时的我一直以为死亡很遥远,以为时光会永远定格在那个美好的年代:有人疼有人宠,有人给做新衣服、新鞋子,还有人给我买钢笔和书本,做了好吃的给我送到学校。我永远不需要自己拿主意,所有的事情都会有人打点好……

这美好的一切,都是外婆给我的。

外婆有三个孩子,她不宠舅舅不宠小姨,唯独疼我妈妈。我出生后,她把爱延续到我身上。

我出生在外婆家。妈妈初为人母,没经验又没耐心,不会照顾婴儿,只好把我留给外婆抚养。

从此我就在外婆家长住了。现在想想,我应该是最早的一批留守儿童,因为那个年代的小孩儿都是跟父母一起生活的。

有人说,人的记忆很奇怪,他们会牢记很早之前发生的事情,对眼前事反而会忘记。确实如此,回想外婆,记忆总是遥远又清晰。

外婆家有枣树、葡萄树、香椿树，还有木槿花、鸡冠花。院里有菜园，有鸡圈、鹅圈。

每天早上，外婆都会给我煮蛋吃，但我最讨厌吃蛋黄，只吃蛋清。为了不浪费，蛋黄就留给了外公，因为外婆也不吃蛋黄。

外婆从不让我做家务，甚至连扫地都不让，不是因为我娇弱，而是她太疼我。

他们那个年代的人很勤快，闲不住，喜欢劳动。衣服干净，家具干净，房间干净，就连院子都打扫得一尘不染，到处都是清新的味道。

那时没有水泥地，每逢雨天地面就泥泞不堪。为了改造地面，外婆费了很多心思，和外公一起拉沙土，铺院子。从此，下过雨的地面总是干干净净的。

那时我最喜欢做的事就是玩沙子和泥巴。有时鸡从栅栏里飞出来，把院里的花草践踏得东倒西歪，我和外婆便一人一支竹竿，东一下西一下往圈里赶，把鸡急得到处乱飞。

春天，香椿发芽，院中飘香。香椿芽还没来得及长大，人们就闻香而来，你摘一点，我摘一点，回家当菜吃。我也经常偷偷爬香椿树，动作敏捷得像只猴子。外婆发现后，怕我摔下来，并不责备我，而是焦急地让我快点儿下来。

初春，我们吃得最多的就是香椿炒蛋、香椿煎饼、香椿卷。

夏天来了，屋内闷热，早晚饭都在葡萄树下吃。一张桌子，几把椅子，两把蒲扇，老人和孩子，仅想想，画面就很温馨。

晚饭后，外婆带我捉蝉蛹。捉蝉蛹的人真多，树林里都是萤火虫般的火光，星星点点。微风吹来，大人们忙用手护着灯芯，生怕被风吹灭。那些蝉蛹，有的刚刚破土而出，有的已经爬到树上，看到有光照过来，便逃命似的往上爬。

我负责拿瓶子，外婆负责抓。不到一个小时，瓶子里装满了这些小东西。

回到家，外婆把它们洗干净，放在盐罐子里，这样到第二天早上就能入咸味。

夜里，可以清楚地听到蝉蛹挤在一起发出的窸窸窣窣的声音。

第二天，外婆就把它们摆上餐桌。我是不吃的，外婆也不吃，通常是外公风卷残云般消灭它们。

秋冬季节的小院显得荒凉。

秋天，树叶相继凋落，地上铺了厚厚一层。外婆早晚各扫一次庭院，把落叶堆在院子一角，等到晴天摊开晾晒，干了做柴烧。

一阵西北风吹过，天气一下子转冷。晚饭后，我们早早上床。那时还没有电视，唯一的娱乐就是听外婆唠家常，她一边纳鞋底一边给我讲过去的事。

20世纪90年代的农村落后贫瘠，没有娱乐，人们一年四季守着身边的风景。至今我对童年记忆犹新，它虽不色彩斑斓，却很温馨。

今年春节，我和妹妹去舅舅家，顺便去了外婆曾经住过的院子。

外婆外公去世后，舅舅便把门锁了起来，从此无人再踏足这个院子。院子里荒草丛生，房屋已坍塌，到处是断壁残垣。

进了院子，回到曾经生活的小天地。一切都变了，都蒙了岁月的灰尘。中堂的挂画还在，卧室墙上贴的报纸如昨，旧凳子东倒西歪，只有那张实木床依旧坚实。

我小时候坐过的凳子，从出生就睡的床，主人去世多年，它们还坚守着老屋。

表嫂说，这屋子也真奇怪，若有人住，无论多少年它都不会腐朽。一旦空了就坍塌得特别快，像机器，一旦停止运转就会生锈。

我深以为然。自然界的微妙之处，我们这些俗人是参不透的。

表哥表姐结婚后，相继有了孩子。院子太小，舅舅便搬离了这里，从此这个院子再也没人打理。

"一样花开一千年，独看沧海化桑田。一笑望穿一千年，笑对繁华尘世间。"纳兰容若的词，总是能戳到记忆深处。花开花谢，沧海桑田，人成各，今非昨，梦中锦绣，茅檐燕子年年。

现在，对于外婆的离世，我只有深深的缅怀，没有了当年的悲痛欲绝。时间会冲淡一切哀伤，成年人应该做的，就是好好地活着，而不是沉浸在过去的回忆之中难以自拔。

岁岁清明，年年相思

《外婆的道歉信》里说，跟死亡讲道理很难，对你爱的人放手也很难。隔了十几年光阴，我还是很想念外婆。

我在外婆家出生、长大。

童年里，外婆扮演了母亲的角色，照顾我的衣食住行。

外婆是一个很挑剔的人，唯独对我宽容。

她又是一个很爱干净的人，从来不让我穿脏兮兮的衣服。

她喜欢精致的物品，会给我买漂亮的发卡，给我梳光溜的小辫子。

她会在深秋时节给我买宝宝霜，会在春暖花开时给我买豌豆糕，每个季节都会给我扯布做漂亮的花衣裳。

镇上的女裁缝是她亲戚，她会告诉外婆时下流行的花色和布料。

外婆最懂我的心思，每次做的衣裳我都很喜欢，以至于后来很多年，我还珍藏着穿过的衣服。

外婆家离集市就几分钟的路程。乡下的集市，两天一个"集"，每月两次"会"。"会"比较盛大，各村的人都会拥来。

外婆爱赶集，更爱赶会。离家前，她拉开一个小抽屉，里面都是零钱，是她平时养鸡养鸭挣的钱。

她会带着我到处转，给我买零食和小女孩儿喜欢的玩具。

她特别喜欢女孩儿打扮得漂漂亮亮的样子，所以每次去集市，她都会给我买头绳和头花，还会扯几块布留着日后做衣裳。

她带我去做无痛穿耳，又给我买漂亮的耳坠子。

我那时不明白，她为什么要把所有的爱都给我，不仅对我好，还要求外公也对我好。

后来才明白，她是心疼妈妈嫁得远。舅舅和小姨婚后都生活在本镇，唯独妈妈嫁到离家15公里的外乡。

那时交通不便，平时往来只能骑自行车，外婆和妈妈每月能见一次就不错了。

外婆把对妈妈的爱延续到了我身上。

她是一个好强的人，只要别的孩子有的，她都会给我买。别的孩子没有的，只要我喜欢，她也会想方设法给我买，从不让我受半点儿委屈。

她算不上很美，但皮肤很白，眼睛澄澈清亮，鼻梁上有一颗滴泪痣。调皮的我总喜欢摸她的这颗痣，有时被抓疼了她也不会吼我。

小时候我喜欢偎依着外婆睡觉，喜欢摸她的小肚子，在她的背上蹭来蹭去。

我还喜欢坐在灶火前，一边往里续柴，一边听她念叨妈妈。

她平时总梳着民国时的发髻，喜欢穿藏蓝、浅灰棉衫。

她做事急，走路时衣襟生风。

她和别的老太太没什么不同，唯独多了份干净和得体。

她喜欢仪式感，每个节日都要过得比平日隆重。

每年清明，她会起个大早去折柳，插于门旁，以祛祸辟邪。

然后带着准备好的祭品、纸钱去祭拜祖先。我有时会跟她去，好奇地问坟墓里面躺着的是谁。

回来后,她马上生火做饭。炊烟升起的时候,太阳也刚好升起。这一天,院子里格外清静,鸟声格外清脆,空气中能依稀闻到烧纸钱的味道。

外婆很少跟我讲祖先的故事,也从不提那些让人惊魂甫定的岁月,也许她不想让我了解那些苦难,不想让我受到惊吓。

那年我中考,她突然病倒,去镇上打了几天点滴,然后又去忙农活儿,最后积劳成疾,撒手而去。

妈妈怕我考试分心,隐瞒了外婆的病情。中考完,和大家坐在一起听老师的毕业感言,我突然心生伤感。为了不惊动同学,我趴在课桌上悄悄哭泣,直到教室里只剩下我一个人,我才擦干眼泪,收拾东西回家。

后来才知道,那天是外婆下葬的日子。

从那以后,我特别相信灵魂不灭,相信亲人之间有心灵感应。一向沉静的我突然失控陷入深深的痛苦之中,一定是外婆在冥冥中想念我。

那年清明,我到外婆的坟上祭拜,清了清杂草,放上了外婆最喜欢的花束。淡香悠悠,她应该很喜欢。

外婆的小院一片荒芜。坍塌的老房子,诉说着沧桑岁月。断壁残垣,再也不见外婆的身影。只有葡萄架和木槿花,依旧年年生发,守着老旧的院子。

"棠梨花映白杨树,尽是死生离别处。"漫山遍野的花红和翠绿,似乎是为了讴歌生命而来。逝者已矣,生者如斯。经过这一年,我对万事看得更加通透,更能坦然面对生命的悲欢离合,缘聚缘散。

张爱玲说,人会死去三次:一次脑死亡,一次葬礼,最后一次是遗忘。我知道,这个世界没有永恒,但如果爱和思念在,外婆就一直活在我的生命里。

有种爱叫外婆

我在外婆家出生、长大。

小时候我经常发烧,每次高烧不退时,外婆都急得团团转。有一次,她带我去赶集,我突然晕倒,失去了意识。醒来后,发现自己躺在外婆家的大床上,盖着松软的被子,额头上敷着湿毛巾。屋里光线有点暗,没有点灯。外婆背对着我,手里拿着勺子在杯子里不停搅拌着。

我咳了一下,她慌忙来到床边,揭开毛巾,用脸颊贴了一下我的额头。我有点不知所措,转过脸,看到桌子上摆满我平时喜欢吃的零食,才想起,早上跟外婆逛街时晕倒了。

我问外婆,我是不是快死了?外婆说,净瞎说。大夫说了,你贫血,体质弱,抵抗力差,才会这样。

后来我才知道,晕倒后,是外婆背着我,一步一步走回家。之后又让外公去请大夫,确定我安然无事后又跑到集市买我最喜欢吃的零食。

我生病那几天,她没有心思洗漱,头发有点儿乱,白发也多了几根。因为忧心忡忡,本来白皙的皮肤变得蜡黄,淡淡的黄斑也变得明显了。

我望着她，有点儿心酸，心想：这还是那个每天把自己收拾得干净、得体的外婆吗？我在长大，她在变老，如果我长大的代价就是她变老，那我宁可时光永驻，永远不长大。

她很少这样颓废，总把日子过得喜气洋洋的。只有在我生病或者回父母家时，她才会感到落寞。

到读书的年龄了，外婆送我和母亲坐上了回家的汽车，在车上分明看到了外婆挥手告别时眼里的泪光。然后转身离去，是那样不舍。望着她远去的背影，母亲感叹道："你外婆真的老了，背有些弯了，辛苦了大半生，生活在一个不安宁的时代，遇到过许许多多让人糟心的事，但她对我讲那些事的时候，轻描淡写，仿佛从未发生过。"

她挑剔外公一辈子，得理不饶人。她不温柔，有点儿强势，还有点敏感。这样的一个人，唯独对我温柔、宽容。她曾多次对我的父母说，我是她最大的牵挂，我过得好，她才能安心。

外婆去世后，妈妈整理她的物品，从她的衣服口袋里掏出一张我的照片。照片被保存得很好，上面封了一层薄薄的塑胶膜，很新，没有折痕。照片上，我扎着两个羊角辫，双手捧着一束鲜花，穿着红蓝格子衣服，对着镜头微微笑着。

这张照片，是我将要离开外婆回家读小学时，她带我到镇上的照相馆拍的，当时她还特意给我梳了好看的发型。我望着照片，眼眶湿润了。

阳光刺眼，也刺痛了我的心。七岁前，我不知道母爱是什么，是外婆把我养大，给我比母亲更无微不至的关爱。她真的走了，世上再也见不到了。她去世时，我在参加中考，竟然没送她最后一程。

她离开后十年，我远离家乡，有了自己的孩子，将往事尘封。夜深人静时，想起她，思念沉重如铅。我想坐在她身旁，静静聆听她说话，想帮她做一些事情，却再也没有机会了。

外婆对我的爱，永远在我记忆中留存。

"偏心"的母亲

临近饭点,肚子饿得咕咕叫。突然,小妹发来一条信息:姐,你先别吃饭,咱妈蒸的包子刚出锅,让我给你送过去。我马上说,别来了,开车的油钱都够买几斤包子了。她说,已出发,马上到。

这速度,真快。

中午不用吃外卖了。包子有韭菜鸡蛋、猪肉芹菜、萝卜粉丝三种馅儿,全是我的最爱。除此之外,还有粉丝汤和卤蛋。

同事都说,你妈真疼你。我听了心里暖暖的。

读初中时,我寄宿在镇上的中学。学校伙食不好,我瘦得像根火柴棍。平时,母亲只要做了好吃的菜,都会给我送来。

那天刚下课,我还在教室复习,同学跑过来喊我:"你妈又给你送饭来了!"说完丢下一个羡慕的眼神。我慌忙跑到大门口。

那天是冬至,她给我带来了猪肉水饺,因为我们那里有冬至吃饺子的传统。她说,冬至不吃饺子会冻耳朵,并且会冷一冬天。

初中三年,记不清她给我送了多少次饭。一起吃食堂的同学常常羡慕我可以"开小灶",我则习以为常,觉得这种爱的方式太普通了。

前不久,我跟她吵了一架。之后,我没再接她的电话。打那以后,小妹就成了跑腿儿的,今天送排骨汤,明天送鱼汤,后天送大虾。每次喝完香喷喷的汤,胃特别舒服,打嗝儿还带着香味,完全忘记了这是谁烧的。

小妹说:"姐,你有空给咱妈打个电话,她天天念叨你。她说,你姐这死妮子,一句都批评不得。"听到"死妮子"这个称呼,我仿佛又回到了小时候。

我拨通了电话,母亲听到我的声音,喜出望外。一场冷战就这样结束了。

小妹曾说:"咱妈真偏心,好东西全给你吃,难怪我个子没你高。"

母亲却不以为然:"手心手背都是肉,我都一样爱,只是方式不同。"

小妹年幼不懂事,我却明白,母亲不是偏心,而是爱得太满。

甜宠老爸

有人说，女儿是爸爸上辈子的情人，我深以为然。我就有一个温柔的爸爸，他极其疼爱我。回忆童年时光，满满的父爱涌进脑海里。

我出生时难产，把妈妈狠狠折磨了一把，爸爸很心疼。可这也没抵挡住爸爸对我的爱，他会抱着我亲，会用胡子扎我的小脸儿，会亲我的小脚丫。爸爸常常回忆我刚出生时候的往事。他说，病房里的小婴儿皮肤都黑黑的，皱皱的，眼睛眯成一条缝儿，我的女儿却白白净净，我抱着亲都亲不够。

可能爸爸爱我就从那一刻开始了。记忆里爸爸到哪儿都喜欢带着我，也不和我气，也不和我恼。

有一次，爸爸一大早起来刮胡子，被我看见了。为了吓爸爸，我在后面大叫一声，爸爸吓了一跳，刀片一下子割到皮肤，流出血来，疼得他龇牙咧嘴。我怕他责备我，马上夸他："爸爸真好看！"他顿时转怒为喜，放下剃须刀，把我扛在肩上围着院子一路小跑，又抱着我狂亲。我问他，疼吗？他说，闺女高兴，爸爸不疼。

他不仅惯我，还宠我。

他从来不让我端烫的盘子或碗。有一次，妈妈做好饭，让我把碗端上餐桌。爸爸看到后很生气，就批评妈妈，不该让我端碗，万一烫伤留疤怎么办？

妈妈有点儿不高兴，就说："你不要总惯她，女孩子要学做点家务，你看谁像你这么惯孩子？"爸爸突然大吼："你忘了邻村被烫伤的女孩了吗？出了事后悔就晚了！"

那是父母第一次为一件小事吵架，从此以后，妈妈再也不让我端烫的碗碟。所以直到现在，我的手很怕端热汤碗。

我从小数学就不好，做作业马虎，总是做错，放学后留校是常有的事。数学老师很凶，脾气也大，学生犯了错，她就罚站，然后再请家长过来领回家。

我怕妈妈批评我，每次都找爸爸来救场。他不总是有空，但只要有空，就一定会来接我。

看见别的孩子都出来了，却久久不见我，他就跑到教室找。

老师说，你女儿得好好管管，不仅马大哈，一有点儿成绩还骄傲。爸爸就配合她说，老师你别生气，我女儿脑子反应慢，我回去好好教教她。因为他总说这句话，再也没有别的台词，时间长了，老师觉得他在敷衍。

后来我对爸爸说，以后就算我不出来，你也不要进来，等大家都走了，没有家长来，老师就会放我走。

有一次，我又被留下来做作业，不一会儿，爸爸就来了。老师开始批评我，爸爸面带微笑听完，然后向老师保证说，老师你别生气，我回去一定好好教训她！

我听了，狠狠瞪了爸爸一眼，没想到他临阵倒戈。

出来后，爸爸跟我说话，我没理他，一个人生闷气。他转身去商店买了一根棒棒糖，说是给我压压惊。然后气呼呼地说，我只是那样说说，我又不傻，凭什么揍我女儿？她怎么不揍她女儿？

我"扑哧"笑出声来，然后反问他，为什么要到教室接我？不是说好了在外面等到我"解放"吗？

爸爸说，你老师年轻，脾气又大，我怕她控制不住会打你。

我听了心里乐开了花。

我的爸爸就是这样，他会给我买漂亮的花衣裳，会变戏法似的从口袋里掏出一枚好看的发卡，会让我坐在院子的小凳子上，给我扎好看的麻花辫。

他会在吃饭的时候，突然盯着我说，我女儿长得真好看，像我。他会给我剪指甲，然后看我的手纹，是斗多，还是簸箕多。

我的剩饭剩菜都是爸爸吃，妈妈嫌我口水多。

忽然之间，我长大了，爸爸老了。

今天去爸爸那里，谈及往事，他竟然不记得了。我心微凉，爸爸，你一直记得我喜欢吃的东西，我喜欢的颜色，却忘了过去你对我的疼爱，也许是生活太忙碌，也许是岁月太残酷，夺去了你的青春和记忆吧。

这些年，你为了生活，从一个帅爸爸变成了一个满头银发的老人，不变的是你对我的宠爱，我该如何偿还这连绵不绝的父爱？

一碗竹叶茶

那年冬天,我咳嗽,喉咙痛,打针吃药都没治好。

婆婆看了我的喉咙,焦急地说,上火了,喉咙又红又肿。我给你熬竹叶茶,喝了也许就会好起来。

下午,婆婆端过来一碗竹叶茶。茶微微冒着热气,泛着淡淡的绿,上面还荡漾着一片没有过滤掉的嫩竹叶。房间顿时弥漫着竹叶的清香。

我轻轻喝了一口,微甜,口齿留香。最后忍不住喝了两碗,顿时感觉病好了一大半。

接下来几天,婆婆都给我煮竹叶茶。我贪心地喝着,喝完了,咂咂嘴,意犹未尽的样子。这时婆婆总会笑着说,没喝够?还有新鲜的竹叶,我再给你煮一碗。我当然也不反对,婆婆前脚去厨房,我后脚也跟了进去。

这天寒地冻的北方,哪儿来的竹叶呢?我问婆婆,婆婆只说,在邻居强子家采的,他家的竹叶多着呢。

我初来乍到,不知道婆婆口中的强子是谁。也许就是一个好邻居吧,不然谁舍得让你每天采竹叶呢?

婆婆搓洗完竹叶，开始生火煮茶。我对婆婆说，何必这么麻烦，直接用煤气灶煮就可以了。婆婆却坚持用地锅，她说那样煮出来的茶香。

竹叶茶真神奇，几天后，我的咳嗽好多了，嗓子也不痛了。我去跟婆婆报喜，可是四处不见她的身影。老公说婆婆又去采竹叶了。我便央求老公带我去强子家。

强子家真的好远。我们穿过村庄的大公路，再穿过田间的铁道，然后走一段羊肠小道，最后到了西大河旁边，那一处民居，便是强子家。婆婆口中的"邻居"家真远啊。

停了车，老公和强子闲话家常，我悄悄走进他家的"竹林"。说是竹林，其实就是一丛竹子。竹子很细，看起来弱不禁风。叶子更是稀疏，在寒风中瑟瑟发抖。婆婆在竹丛里转来转去，看到青竹叶就伸手去采，完全沉浸在自己的小世界里。阳光透过叶子，轻柔地照在她的脸上、头发上，照在篮子里的竹叶上。

婆婆丝毫没有察觉我的到来，我也没打扰她，悄悄回到院子。强子说，你婆婆天天跑这么远，就为了采新鲜竹叶。上次在路上三轮车翻了，她摔倒了，手都划破了，你知道吗？

我摇摇头，没听婆婆说起。鼻子有点酸酸的，心里有点暖暖的。

一阵凉风吹来，我忍不住又咳了起来。这时婆婆从竹林里走出来，累得气喘吁吁。她说，再喝几次竹叶茶，咳嗽就会彻底好了。

我点点头，装作什么都不知道的样子，跟着婆婆回家了。

没过几天，我的病彻底好了。从此我喜欢上了竹叶茶，经常自己煮一壶竹叶茶自斟自饮，也常常想念婆婆给我煮的竹叶茶。

和儿子吵架

那天晚上,我在被窝儿里玩手机,儿子从他房间跑出来,下面穿条夏天的大裤衩儿,上面穿件 T 恤,调皮地在我面前扭来扭去。我看着都冷,又好气又好笑,就让他赶紧穿衣服。

他居然无动于衷。我重复说了一遍,他不仅把我的话当成耳边风,还冲我扮鬼脸,然后笑嘻嘻地说:"不。"非常时期,我更担心他冻感冒,大声命令他穿上衣服,他还是那句话:我就不!

我一把将他拉进被窝儿,心想,这下该老实了吧。谁知他故意踢开被子,不停地叫我"坏妈妈"。我顿时火冒三丈,哪里露出来就打哪里,气呼呼地说:"冻死你好了!"他马上顶嘴:"冻死就冻死。"

我气极,这是什么态度啊,哪有儿子这样和妈妈讲话的?想到这儿,我气不打一处来,抓过他的小胳膊说:"有你这样和妈妈说话的吗?还无法无天了!说,还这样和我说话不?"

兴许被我吓到了,儿子"哇"的一声哭了,可是并没有嘴软,依旧不依不饶地说:"我这样说话,不是和你学的吗?你不就是总用这个态度对我吗？"说完哭得更凶了，边哭边叫爸爸，说妈妈不讲理欺负他。

我更气了，在他身上轻轻拍了一下，说："是我不讲理还是你不讲理？我让你穿衣服不是为了你好吗？冻感冒了怎么办？是不是得打针吃药？那样好吗？"

我以为我这样晓之以理、动之以情，儿子会顺从、乖乖穿上衣服。谁知他大喊了起来："爸爸，你快来啊，妈妈不讲理，还打人啦！"

你一个小孩儿，不听话，还知道告状、搬救兵了。我一把堵住他的嘴，威胁他，再喊就把他丢到外面去。他不再大喊大叫，却用小眼睛瞪着我，我感觉里面满是愤怒的火焰。

这不是在赤裸裸地挑衅吗？我把手举起来，打算真给他一点儿教训，让他知道谁才是老大。老公突然冒了出来，抓着我的手，问我，怎么了？我刚走就硝烟又起啊！

看来了救兵，儿子马上恢复了活力，扑到老公怀里，说我欺负他。

老公拍了拍儿子，问他，妈妈怎么会欺负你，一定是你气妈妈了。走，和爸爸说说怎么回事，也让妈妈冷静一下。说完领着儿子出去了，把我一个人扔在客厅里……

我静静坐着，开始反思：这样教育孩子是不是错了？

小时候，父母对我很严厉，我曾发过誓，长大后不要像他们那样，要做慈母，和孩子做朋友。现在我居然和古板的父母一样，端起架子教训孩子。小孩儿也有自尊，要平等沟通，循循善诱，合理引导，这样他才不会排斥父母的教导。

明天，我要找机会跟儿子和好，向他道歉，承认自己太凶了。

我在洗漱，儿子跑过来，笑眯眯地说，妈妈，我们和好吧。我很惊讶，瞬间答应了。儿子疑惑地说，你怎么这么爽快就答应了？

我说，妈妈本来就有错，不该对你那么凶。现在你主动跑过来和好，我当然要顺着台阶下，开心接受。

儿子听了哈哈大笑，一场"战争"就这样化解了。

第三辑　那片白桦林

有阳光真好。我瞬间很开心。后来我想,除了天空的太阳,我也要做自己的小太阳,在人生的黑暗时刻,随时升起,给自己加油。

活成植物的姿态

春夏之交,母亲回了一趟老家。她兴冲冲地给我发视频。院子里的花都开了,草也青了,桂花树和杏树也都绿意葱茏。

这些年,世事有过多少沧海桑田啊,我们家也多少经历了点儿风雨,可老家的院子一点儿都没变,仅仅是树又粗壮了一轮,花又长高了一截。春去春来,年年如旧。

每次回老家,我都特别喜欢看花,看草,看树。

我欣赏花儿的姿态。它们不会因为别人的欣赏,就忘乎所以,肆意绽放。也不会因为别人的无视,就自卑哀怨,停止生长。更不会因为别的花开,就心生羡慕,着急开放。因为它们知道,属于自己的时令还未到。

春季姹紫嫣红开遍。花开花谢,花谢花开。世界从来都是热闹的,对于这些花儿而言,却只是一场喧嚣。唯有努力沉淀,结出果实,才是对开花最好的交代。

花儿有它的个性与坚持。无论世事怎样,它遵守着生命的本原,如期发芽,如期开放,不会为谁停,不会为谁留,不会被谁扰,安于当下,依着自己的节奏生活。

每次心情不好时，我喜欢在花前驻足，发呆，冥想，不语，大半天。然后，坏心情被风吹跑了，心结被植物解开了。

年少时，和他初相识，一颗少女心毫无保留地付出。他喜欢喝茶，我便把父亲的茶叶拿给他。他喜欢吃鱼香肉丝，我便让母亲做好了送给他。

每次和他见面前，我都会换一身又一身的衣服，戴上平时最喜欢的耳环，梳好看的发型，对着镜子照来照去。

母亲看到后甚为不悦。她问我，你累不累？我说，累，但我想向他展示出最美好的一面，让他喜欢我更多一些。

母亲摇摇头说，你为了别人，放弃了自我，反而不会得到别人的欣赏。就像这院子里的牡丹，它每年只开一次，想要欣赏它，就要等。再比如菊花，它只在秋天开，人们想看它开花，就要等到秋天。但因为要等，人们就不喜欢它了吗？不是的，它还不是一样受人喜爱？花有花期，草有草样。万物都有自己的时令，花儿不会为了取悦任何一个人而提前开。

母亲的话让我陷入沉思。后来，再见面时，我便穿着随意，再也没有先前的紧张与不安。淡淡地面对，静静地做好自己。

后来，我们结婚了。

曾有一个富家女孩追他，女孩父母在市区给他们买好了房子，他拒绝了。他对我说，他喜欢我的个性，有主见，有自我，不会为了别人轻易改变自己。我淡淡一笑。

刚开始写作那几年，心有点儿浮躁，着急出书。在写作群认识一位前辈，挺欣赏我。得知我会设计，前辈想让我做她的设计师，说可以帮我出版、推广。

我把这事告诉了母亲。母亲问我，前辈可愿付费？我说，免费的，但她说了，可以帮我出版、推广。

母亲批评我说，人生，最宝贵的是时间。一个人固然要积极追求，结交朋友，但如果基础不稳，别人想帮你出版、推广，也帮不上。安心做好自己，不要管别人怎样，更不要想着走捷径。

我说，她是名家呀。母亲说，名家又怎样呢？别人的光环，始终是别人的，不是你的。别人的读者也只和别人有感情，和你无关啊。你且像那花一样，自己吸收阳光，成长、开花、结果就好。旁边的花，开得再绚烂，和你又有什么关系呢？

母亲的话如醍醐灌顶。

我走到阳台，花草芬芳。旁边的苦楝树又长高许多，开满了小紫花，在风中摇曳着，真美。

我平时怎么没注意到这棵苦楝树这么美呢？不仅我没注意到，来去匆匆的人们，甚至在小区住了好几年的老人，每天站在树下聊天儿，都没注意到。但苦楝树却不因别人的无视，就忘了自己的初心。它默默努力，现在不也生长得挺好吗？

还有那满阳台的花，花开花谢，花谢花开，花开不断。它们也没有因为母亲的欣赏与殷勤，就把花期提前或延长。它们就按着自己的节奏，安心地生长。

植物让我开解了。

后来，我委婉拒绝了那位前辈。

每个人来到这个世上，都有自己的小小使命与花期。每个人都是一株独一无二的花，做自己，才能绽放得最美。我要像植物一样，活成自己的姿态，不动声色地绽放着。

文雅之竹

  我养的花从来没有活过半年的。好好的花，到了我手上，常常熬不过冬季，我用尽方法也拯救不了这娇贵的生命。无数次想，我是否真的没有养花的命，花见花怕。
  一天，公司采购的绿植到了，通知各部门人员去领。我来到大厅，眼前的世界仿佛被绿色颜料洗过一样，清清爽爽。有一排细叶植物亭亭玉立的，看起来像草，模样挺好看。
  我在花店怎么从来没见过这种植物呢？于是问同事这绿植的名字。同事说，它叫文竹，不开花。
  文竹，我轻轻念着这个名字，仿佛在叫古时深闺里的小姐。她应该是温婉端庄的，会琴棋书画，知书达理又贤惠，否则配不上这个名字。
  它太普通了，起初我以为它只是一棵草。心想，绿植公司真会赚钱呀，连田野里的草都拿来卖，费尽心思地把野草搬上了大家的桌面。野草明明是丫鬟的命，却做着小姐的梦，唉。
  如果不是名字起得好，我想这种"草"是不会引人注意的。就像一位长相普普通通的女孩子，却拥有一个令人惊艳的名字。而名如其人，人们听到名字，都想见见这位"佳人"。就算她长得不好看，因为名字好，人们也会越看越觉得她好看。

文竹也一样。我喜欢这个有灵气的名字，也喜欢它秀气的样子。一堆花花草草里，我独挑了它。文竹有水培的，也有土培的，我挑了土培的。我喜欢泥土的柔软和植物的清香。

起初我担心养不活文竹。同事说，你只需勤浇水，平时不用管。我啧啧赞叹，这么好养啊。于是也买了几盆放家里。

有一天下班回家，我发现几盆文竹被狗狗吃了个精光，只剩光秃秃的绿茎。顿时心疼万分，又暗自责怪自己。本想扔掉花盆，但又想着以后也许有用，索性留在那里吧，以后只给其他几盆花浇水。

半个月后的一天，我突然发现光秃秃的枝丫间竟然有新芽初展。叶子蜷曲着，片片新绿，在拼尽全力地生长。

我惊呆了。

于是马上浇水，施花肥，又从楼下挖了一些泥土在周围培几下。就像在冬日里照顾一个生病的孩子，给他用热毛巾敷额头、掖好被子一样，细心又疼惜。

我把这事告诉同事，她说，文竹的生命力很顽强。它虽然喜阴，但一个月甚至两个月不浇水也不会枯死。而且它长得很快，假以时日，能长到两米高。看着我惊讶的样子，她笑着说，长高了也不要紧，你只需修剪一下，它又会发新芽。

我说，文竹这么好养，一点儿也不像名字那样娇贵。同事又说，它虽不娇贵却是有福的植物。你想啊，经过沟沟坎坎，能活下来是不是就是莫大的福气？真正娇贵的花不一定有活下去的好命。

我想，也是的。这不就和人一样吗？经历风风雨雨，能坚强活下来的，就是有福之人。

我想起老家的一个女孩儿。她的母亲四十岁时从外地流浪到我们那个小村，嫁给一贫如洗的一户人家，勉强组成的家风雨飘摇，在村里没人看得起。

这个女孩儿很漂亮，但无论走到哪儿都遭人嫌弃。我常听弄堂的老人说，她呀，出身于那样的家庭，将来能找着婆家就不错了。

渐渐地，她退出了人们的视线，变得沉默寡言，人们也不屑再议论她。

一晃许多年过去了。有一天和母亲聊天儿，提起那个女孩儿。母亲说，她变化很大，考上了重点大学，毕业后考了公务员，如今在政府部门任职。并且呀，母亲顿了顿说，她的婚姻也很幸福，老公不仅帅气，对她也极好。她再也不用为生计发愁，风餐露宿了。

只要想起她，就觉得她像极了文竹。任生活怎样摧残，依旧野蛮生长。

睡前读会儿书

睡前读书是我一直以来的习惯。

小时候,乡下没有娱乐项目,吃完晚饭我便早早上床。因为怕黑,总胡思乱想。后来我找到一个好方法:放一本书在枕边,睡前读一读,就能转移注意力,不再害怕。

我家藏书并不多。父母给我买的《中小学生作文》,姑姑给我买的连环画,还有学校发的课外读物,加起来也就十几本,我却百看不厌,翻了一遍又一遍。

为了方便阅读,妈妈专门给我买了小台灯。

读初中时,每周我都会从图书馆借书。下了晚自习,就把课外书拿回宿舍读。学校规定九点熄灯,九点过后班主任会来检查宿舍。为了多看一会儿书,我专门买了一个手电筒,熄灯后就躲在被窝里看书。

那时看的书很杂,除了学生读物,我还喜欢娱乐方面的杂志。这些杂志都是从同学那里借来的,第二天要还,所以我总是加油看完。

只要遇到平时见不到的书,我都会借来看。有一次,我看上同学的一本《中华名句》，里面全是古诗词名句，彩图、注音、注释，一应俱全，厚厚一本。我爱不释手，就跟她借了三天。

那么厚的一本书，一时半会儿也看不完，我就把喜欢的诗词抄在笔记本上。为了尽快抄完，那几天的课我都没心思听，晚上熬夜抄诗词。

不知不觉这么多年过去了，无论有多忙，我依然喜欢睡前看书。从前看的都是借来的书，现在读自己买的书。如果说以前喜欢读书，是因为"书非借不能读也"，那现在看书就是一种精神慰藉，书是吾心安处。

前不久在群里聊天儿，有网友说自己天天失眠，每天凌晨一两点才睡着。我笑着说，我不仅不失眠，每天还睡不醒。她问我有什么法宝，我说，就是睡前读书。

睡前读书，并不是读着书睡着，而是非要读一段文字才能安心地睡去，这种满足感是闲聊、上网、玩麻将等替代不了的。

我喜欢躺在床上，一边看书，一边冥想。

夜静静的，静得只能听见翻书声和虫鸣声。

灯光柔柔的，很舒服。

温一杯牛奶放在床边，一边看书一边喝。牛奶喝完，我也读完了几页书。抬头望望窗外，星光闪烁，凉月无边。舒服，舒心。于是满足地睡去。

现在，我的枕边书是名家散文集，还有李清照的诗词全集。我喜欢把经常读的书搬到床头，在睡觉前随手抽一本读。有时特别想看一本书，就一连好几天只看这一本。

我看书很仔细，读一句是一句，不会囫囵吞枣。也曾刻意培养快速阅读的习惯，后来发现不适合我。对我来说，书读再多遍都不如精读一遍。现在我按自己的习惯看书。

尽管家里已经有很多书，有些甚至都没看完，但碰到喜欢的书，我还是会买。哪怕只是睡前翻几页，对我来说也是一种满足。

仲夏黄昏

刚入六月，其实还不算热。白天温度高，但早晚清凉舒适。

五点下班的时候，天色还早。黄昏的太阳，仿佛有点儿累了，变得柔和，睡眼惺忪的样子。落日熔金，天际染上浅浅红晕，高楼老巷都映上橙红。夕阳是这样盛大，美好得像宫崎骏的童话。难怪有人喜欢看落日，原来一天最美的时光都浓缩在黄昏。

我的整颗心都跟着欢喜起来，想要大声呼喊，然后拥抱这至美的人间。

没想到，千篇一律的日子还能有这样的景致。

晚饭后，我喜欢踏着晚霞漫步。穿上长裙，配双拖鞋，走街串巷，闻一闻各家各户飘来的饭菜香。看一看车水马龙和人们或匆忙或悠闲的脚步。抑或去附近超市买根冰棒，坐在公园长椅上，一边啃一边看大妈们跳广场舞。

一切都透着美好。尤其是广场舞，几乎所有的沉寂都被这火辣的舞曲赶走了。大妈们越跳越欢快，连旁边的小朋友也跟着手舞足蹈。

平时宅家的我，这会儿也不觉得吵，心反而宁静满足。

无论城市还是乡村，大妈们的广场舞都是神一般的存在，调剂着大众的生活。

想起儿时的黄昏，那时没有广场舞，但邻里之间会互相串门儿。当时我住在外婆家，白天热，吃不下饭。外婆会在黄昏时做一顿丰盛的晚饭，然后全家坐在院子里，一边吃饭一边纳凉。

外婆小扇轻摇，夕阳的余光在我脸上闪闪发亮。有的人家晚饭吃得早，便过来聊天儿。外婆一边吃一边和人家聊家常小事，说着说着，两人一阵哈哈大笑。

不知不觉夜色降临，蜻蜓回巢，萤火虫开始提着灯笼赶路，蝉蛹破土而出。我一会儿扑萤火虫，一会儿捉蝉蛹，反正闲不住。

这样的黄昏充满雅趣。

黄昏不是只有快乐，也有一些伤心的时刻。那年我刚工作，不适应环境，下班后在出租屋无事可做，常常一个人坐在窗边，对着夕阳发呆。空气中飘荡着爆炒蒜苗的香气，周围锅碗瓢盆叮当响，还有自来水管道的流水哗哗声。这一切仿佛都在告诉我，该吃饭了，该回家了。

那段时间，我得了一种"黄昏病"，只要到了黄昏，就很惆怅，很难过。

就这样挨了一段时间。直到有一天，暴雨如注，一阵翻江倒海后，青灰色天空下，太阳破云而出，彩霞满天，一切又明朗起来。窗户上挂着的雨滴，在夕阳的晕染下有了可爱明亮的颜色。

有阳光真好。我瞬间很开心。后来我想，除了天空的太阳，我也要做自己的小太阳，在人生的黑暗时刻，随时升起，给自己加油。

多年前的记忆没有被岁月带走，但如今的黄昏，是我最喜欢的夏天的模样。

秋雨，江南

白天上班的时候，天气闷热。同事跟我抱怨，不是入秋了吗，为什么还这么热呀？我微笑着说，心静自然凉。话刚说完，突然电闪雷鸣，接着，秋雨哗哗落下。

经理跑过来问，你们要洗车液吗？我有，你们需要就拿去用。

他之所以这么说，是因为每次下雨，同事都会打趣地说，又可以免费洗车了，真好。接着哈哈大笑。

我们则放下手中的活儿，跑到落地窗前看雨，听雨。

天边的乌云凶神恶煞般地跑来，然后又迅速被风吹散，在天空中疾走，变幻出各种形状。

秋雨丝丝入心房。这雨，下得及时。空气瞬间变得凉爽。有风吹来，好像突然吃了薄荷糖，一直凉到心里去。

地上溅起一朵朵细碎的水花。门边的绿植在雨中欢快地吮吸甘露，雨水冲刷后，它们更加青翠、茂盛，在风雨中欢快地向我们招手。

望着潇潇秋雨，我竟想起儿时读书时光。夏末秋初，秋雨时至，惊天动地的闷雷响起，我和同学躲在屋檐下听雨声，看天。

老人们常说，每当电闪雷鸣的时候，一定是天上的神仙在捉妖，在为民除害。我听了之后竟然相信了，内心无比盼望见到神仙。

我常和同学讨论这个问题。小小少年，痴痴地望着天空，看乌云如泼墨般在天空挥洒。不知道，云层的那一边，是否有托塔李天王，是否有踩着风火轮的哪吒呼啸而过，是否有玉帝在俯瞰众生。

走过肆意挥洒的光阴，如今，那个在秋雨里奔跑的小小少年长大了。她还是那么爱做梦，还是那么天真。时间，仿佛没有在她身上停留，儿时的往事，在她心里，就像发生在昨天。

毕业后，她来到梦中的江南。这是一座被唐诗宋词偏爱的城市，古老，悠远，泛着时代的光辉。

在这里，你可以选择平凡烟火，也可以吟风弄月。江南的慢生活，会让雅致一点一点地渗透到你的骨子里去。

在这里生活久了，你会想，你的前世一定在这儿生活过，所以，那一段红尘的过往，才会召唤你来这里寻觅。

寻觅那遗失的美好、那散落的过往，还有那些文人骚客留下的诗卷。你想用余生的时光，来品读，回味。

下班后，雨恰到好处地停了。一切明净、清新，像是空山新雨后的金秋，一切都是那么自然、温暖、寻常。你会感觉，美好一下子撞到你怀里，像是岁月突然赠给你的小欢喜。

苍翠的桂花树夹道相迎，路上行人寥落。此时，这是我一个人的街道，我一个人的慢时光。

一个人，背着布包，听着《风居住的街道》，优美的旋律在空气中飘荡，和着桂花的香气，显得更加婉转、灵动，二胡的声音仿佛也沾满了香。

是的，这就是江南的秋天。它有北国秋日的落叶缤纷，也有南方夏日里的四季常青。在这里，你既可以感受秋天的静美，也能欣赏夏天的郁郁葱葱。

不知名的小黄花落了一地，铺就一条花径。旁边的篱笆上，爬满了青青的花藤。篱笆院里的阿婆又在煮饭了，米饭香从厨房里钻出来，不经意间勾出了我的馋虫。

此刻，我仿佛闻到了幸福的味道。

闲话绍兴酒

快过年了,酒是必不可少的。对中国人而言,逢年过节亲朋好友相聚,少了酒就少了点味道。

因为酒不仅仅是一种物质,更是一种文化。

中国酿酒历史悠久,最古老的酒是黄酒。提到黄酒,不得不提绍兴,它是黄酒的发源地。优越的地理位置、悠久的历史、深厚的文化沉淀、传统的酿造工艺,造就了绍兴独特的酒文化。

绍兴属南方,土地肥沃,河网密布,水稻大面积种植。这些优质水稻颗粒饱满,气味香甜,为酿酒提供了充足的原材料。除此之外,酿酒所需要的水也是独一无二的鉴湖水,它来自森林深处的会稽山麓,清澈甘冽,软硬度适中,水质稳定且含有微量矿物质,是酿酒的首选水源。

当地人说,就算你有优质的原料、高超的酿酒工艺,没有这鉴湖水,也酿不出一模一样的绍兴黄酒。天下黄酒何其多,但绍兴黄酒的味道独一无二。

清代诗人袁枚在《随园食单》中赞美:"绍兴酒,如清官廉吏,不掺一毫假，而其味方真。又如名士耆英，长留人间，阅尽世故，而其质愈厚。"

据说，早在2000多年以前，越王勾践就曾将黄酒献给吴王，吴军狂饮两日，积坛成山，可见黄酒的味道多么醉人。

那天去鲁迅故里，恰逢酒文化活动表演。边上的河道被围得水泄不通，从外地赶来的男女老少，好奇地打量着乌篷船上的酒娘。她仿佛从古代穿越而来，身穿淡绿色衣衫，发髻轻绾，手持长长的端酒竹具，笑意盈盈地把酒送给岸上的客人品尝。

净白瓷杯，琥珀色黄酒，澄澈、浑厚，让人垂涎三尺。虽然平时不喝酒，但我还是迫不及待地端起一杯。还没凑到唇边，就闻到一股浓郁的酒香。入口甘甜，绵柔，酒性温和不烈。喝了几口，意犹未尽却不敢贪杯，因为怕喝得酩酊大醉跌入河中。

那天，我仿佛回到了千年前的绍兴街头，做了一个温婉的酒娘，一醉繁华千古梦。

绍兴人喝黄酒也有讲究，喜欢抿一抿，嘬一嘬，浅饮慢酌。冬日寒冷，需将酒温热再喝，这样不仅能暖身，还能尽兴。所以装酒的容器也很特别，下面是装热水的容器，中间细长的瓷器里装着黄酒。酒温好后可直接倒入酒杯饮用。

天是冷的，酒是温的，再配些下酒小菜，比如茴香豆、盐水鸡、青鱼干等，或自斟自饮，或与三五好友畅饮，神仙生活也不过如此。

鲁迅是绍兴人，平生最爱喝黄酒，饮酒是他日常生活的一部分。他还经常把酒写到文章里，只要提到生活日常，总少不了饮酒。他在《在酒楼上》写道："友人来了，添酒加菜，就从堂倌的口头报告上指定了四样菜：茴香肉、冻肉、油豆腐、青鱼干。"

不仅如此，连他笔下的人物，如阿Q、孔乙己都爱喝黄酒。

鲁迅虽然已故去，他的文章却流传千古。他的黄酒文案写得这么好，绍兴黄酒不出名才怪呢。

以笔为药，煮字疗愈

　　时光回到多年前的夏天。

　　有一个热爱文字的小姑娘，她最喜欢上语文课，最喜欢听老师讲古诗词，最喜欢借老师的书看。语文考试最喜欢写作文，作文总是得高分，也得过好几次满分。

　　语文老师要求严格，不轻易给满分。他说，没有十全十美的文章，不给满分是怕你骄傲自满。

　　她的作文经常被当成范文念。

　　她的语文老师，是省作协会员、文学爱好者。他把藏书全拿出来给爱读书的同学看，还让学生摘抄名人名言，每天背一首古诗词。

　　他说，每天背一首古诗词，一年365天，就会背365首……这是无形的财富。

　　受老师影响，她对古诗词有一种说不出来的喜欢，对摘抄背诵更是格外上心。

　　语文老师经常在上课时穿插讲一些诗词经典、名人故事，课堂有趣又生动。

有好老师，就有好学生，她的语文成绩扶摇直上，数学成绩却平平。

如此偏科，影响考学。妈妈希望她把精力放在正事上，没事多做点数学题。

她说，将来想当作家，妈妈却说"自古文人多饿死"，努力学习数学才是正道。

她听了母亲的话，专心学习数学，但在周末，她还是会摘抄和背诵诗词。

那时她不知道什么是文学梦，只是单纯地喜欢文字。

那时也没有手机、电脑，没有书吧、商场这些休闲去处，只有安静的小院、叽叽喳喳的小鸟。

摘抄，背诵，写日记，是她最放松的休闲方式。

这个小姑娘就是我。

我最早喜欢写作是在三年级刚开始学写作文的时候。从那时起，我就一发不可收拾地喜欢上了文字。

我从小就内向文静。个性使然，我没有太多玩伴，写完作业，帮妈妈做完家务就看电视，周末就看课外书。

我的课外书其实是学校的副科，比如自然、地理、思想品德，还有寒暑假作业上的阅读理解（一些小故事）。

即便是这样，我也如饥似渴地读着。

回忆往事，我脑子里常浮现这样的画面：夕阳西下，妈妈在厨房做饭，我坐在院子里看书，墙外传来其他孩子的打闹声。不一会儿，天彻底黑了，我揉揉眼睛，伸伸懒腰，正好听到妈妈喊我吃饭。

我的童年就是这样度过的，安宁，祥和，岁月静好。

我喜欢一个人静静发呆，静静听，静静写，把所有的心事写在本子上。

开心的事,保留;不开心的事,我就单独写在一张纸上,写完之后悄悄撕掉。

这个小习惯一直伴随着我,直到现在。每逢不开心,我就把所有心事写在一张纸上,然后撕碎扔掉,坏心情就这样消失了。

喜欢文字的人,是幸福的

突然之间,我发现作家大都长寿:杨绛、巴金、金庸……他们写作是源于热爱而非功利,他们将满满的感情倾注其中,所以写出的文字充满力量。

他们之所以长寿,我想是经常书写、倾诉的缘故吧!把心中的压抑都倾倒在文字里,写完后,内心就没有了纠结。他们陪故事中的人物一起笑一起哭,一起经历风雨和刀光剑影的人生。

一部优秀的作品,必定立意高远。或歌颂爱情,或歌颂真善美,或贬斥暴力……这要求作者本人必须是平和善良的人。

不仅如此,他还要博览群书,博古通今,通晓美学、佛学、哲学、军事、地理……只有这样,写出的作品才能有深度和厚度。

做到这些,要花多少时间啊!哪还有精力胡思乱想呢?心中无事,一片明净,又笔耕不辍,每天都有脑力加体力劳动,身体的零件自然不容易坏啊。

很多时候,我感到时间好紧迫,因为有好多想读的书没时间读。

身边有个朋友,《史记》烂熟于心,我咋舌,佩服。这得多么热爱

《史记》,才能不厌其烦地读啊!

俗话说"书读百遍,其义自见",一点儿也不错。现在囫囵吞枣不理解的,多读几遍或许就会茅塞顿开;现在理解的,下次再读或许又能领悟到新的含义。

从小有点儿孤独、文静的我,喜欢与文字为伴。人生的疑惑,从书中寻找答案;不开心的日子,读一读至理名言。有了唐诗宋词,连在万物复苏的春天踏青也变得不一样了,充满诗情画意。

那天我给一位作家留言,告诉她我很喜欢写作,想做一个作家,可是写得不好。她告诉我,写作一定要源于内心的热爱,这样才会有动力写,而不是奔着"成为作家"这个目标。

是的,任何带有目的的努力,终会累人,还是坚持所爱吧。专注当下,不问前程,没有期待,一切便是惊喜。顺其自然吧。

我喜欢在文字里倾诉的感觉,喜欢把万千心事化为指尖的文字,用文字记录心语心情,记录朝朝暮暮,记录岁月之美,慢慢品味,静静欣赏。

喜欢文字的人,是幸福的。因为见字如面,我和许多的朋友靠文字结缘。虽然天各一方,却能透过文字感知对方的心意、生活状态。

文字带给我快乐,免我孤独。凉薄的秋夜,一个人听着轻音乐,倚床读书,跟着文字去旅行。书中世界,字里乾坤,点亮了平淡乏味的时光。

一个新生代作家曾晒过这样一张照片:一位妙龄少女躺在床上,下面是满满的一床书。

这还只是其中一角。

这个少女是她本人。她常说,先嫁书,后嫁人。我觉得这句话很好。女孩子只有内心丰盈,活成了自己想要的模样,才能更好地选择婚姻。

知名文化学者雪小禅老师说,成为一个作家,至少要读一万本书。

我觉得一点儿也不夸张。一个作者,思想境界和认知只有超前于读者,才能给读者以指引,否则不能称为作家。

学无止境,与书相伴的人生不会寂寞。

一生只做一件事

日本知名作家村上春树,最开始的职业并不是写作,而是一名小酒吧老板。

他在读大学时就结了婚。婚后,他不喜欢朝九晚五的上班生活,和妻子商量后,向银行借了一笔款,开了一间小酒吧,养了几只猫,将酒吧命名为"彼得猫"。他是音乐的狂热爱好者,尤其喜欢爵士乐,酒吧也从早到晚播放爵士乐,有时他还请乐队来演出。

他们起早贪黑,苦心经营。29岁那年,开店欠的外债还得差不多了,他终于松了一口气。有一天,他看了一场棒球赛,突然冒出来一个念头:"对,没准我也能写小说。"回去的路上,他就买了纸和笔。

那时条件比较艰苦,没有电视机,没有收音机,没有闹钟,冬天也没有暖气。白天,他忙于生意,逗猫调酒听音乐,夜晚才开始写作。

因为勤奋,几年里,他利用业余时间写了不少文章。但他觉得,这种写作方式太业余,写的数量再多,也难以写出意义深刻的东西。

于是,他决定变卖酒吧,全心写作。那时,他的酒吧生意比写作收入高很多。大家都劝他再考虑一下,有一个朋友还出了个主意:何必非得卖掉呢?请一个人来打理,或者交给别人经营,年底分红就好了。

但村上春树觉得,既然酒吧是自己开的,就一定要负责到底。经营到一半,把它抛弃这太不负责任了!不能为了钱什么都做!

再说了,交给别人后,别人会换掉里面的背景音乐,以后每次来,都要听陌生的音乐,这会让自己不舒服。

也许这就是文人的风骨吧,宁愿毁于我手,也不愿被他人染指。就像自己宠幸过的妃子,有一天不需要了,再把她赐予别人,实在于心不忍。

换成别人,经营酒吧和写作又不冲突,能全心写作又能赚钱,两全其美,谁都乐意这样做。但村上春树不是,最后他执意卖了酒吧。

有些行为也许别人无法理解,我却佩服他的态度:一生只做一件事,而且做什么事都认真。

留住光阴的方式

我特别喜欢阿根廷作家博尔赫斯说的一句话："我写作，不是为了名声，也不是为了特定的读者。我写作是为了光阴流逝使我心安。"

我一直以为，留住光阴的方式就是记录生活。也许故事发生时我们会觉得稀松平常，不值一提。一段时间过后，这些故事被生活琐事打磨得只剩一个模糊的影子，我们再也想不起当时的细节和感受。

没有人可以阻挡时间的脚步。一天天，一年年，生命中感动的瞬间、难忘的故事，将会随时间一起消逝。如果顺手记下这些或美好或忧伤的故事，过一段时间再回头翻看，熟悉的画面，一幕幕，就像电影在回放，生活是不是就多了些意义？

至今，我还保留着十几年前的日记。毕业后，我选择把青春封存，而后转身天涯。去年春节回家，妈妈整理橱柜，发现日记后向我"禀报"，我才想起曾经有过这些"小东西"。

有些惊讶，有些欣喜。这些日记本堆叠在一起，发出陈旧的味道。有的表皮磨损，有的依然如新。我有些期待，想看看过去我有哪些不为人知的秘密。小心翼翼地翻开，发黄的页面映着娟秀的字迹，不禁感叹：那时的字真好看，比现在强多了。都是满满的旧时光啊！

我花一下午读完这些日记，像是在读别人的故事。那些忽明忽暗的心情，那些日常琐事，我竟完全不记得了。文字却帮我记录了当时的生活，让现在的我得以重新审视过去的自己。

有些句子现在读来仍然喜欢，我甚至怀疑不是自己写的。

我在朋友圈晒这些日记本，有朋友评论："你真是一个细心的人，还保留着学生时代的日记。我的日记本早扔了，当年的书本也卖给收废品的大叔了。"

我听了之后不禁莞尔，庆幸自己没有将日记本随手一掷，更庆幸自己到现在还保留写作的习惯。

想象一下，多年后的今天，一位白发苍苍的老奶奶，坐在太阳下翻着自己写的文字，回忆自己的锦瑟年华，该是多么美好的事啊！

从小到大，我都有写日记的习惯。最短的是一句话，最长的有8000字。我还在自己的博客里写了很多零星的段落，记录着曾经的生活。

不仅如此，我还摘抄名人名言和古诗词。

有人说，你都毕业了，为何还要折磨自己，做这些无用功？写作能赚钱吗？能当饭吃吗？现在谁还看纸质书？醒醒吧，先赚钱，再谈情怀。

为什么写作就是折磨自己呢？对于我来说，它是一种爱好，写字是一件让人很愉悦的事情，不是折磨。

因为写作完全占据了我的业余时间，也曾想过放弃。但停笔后觉得生活空荡荡的，无所事事，也没有了趣味。

于是我知道，此生，我离不开写作了。

罗兰说过："写作是一条认识自己，认识真理的路，你只要喜欢写，应该随时动笔去写。"

无论别人怎么说，我都要写下去。

那些年遇到的小偷

前不久听到一则笑话:"有人买辆新车,总担心被偷。大家哈哈大笑,现在谁还偷车,销路都不好找。现在小偷都转战到互联网,实行网络诈骗了。"这让我不禁想起从前遇到的小偷。

刚工作那会儿,经常听说有人在公交车上丢东西。当事人被偷时浑然不觉,下车后才发现衣服被划破,钱包丢了。

尤其是10路公交车,小偷出现的频率最高。因为那条线路最长,车上拥挤不堪,司机师傅有时一个急刹车,大家站不住脚,你撞我我撞你,难免有身体接触,给了小偷可乘之机。

那时,我在一家电子科技公司上班,常听同事说丢钱包的事,暗自庆幸运气好,从没丢过东西。但后来就不那么幸运了。

那天逛小商品市场,我在一家摊位前挑饰品,突然听到身后一声大喊。回过头,只见一位俊朗帅气的男子,以迅雷不及掩耳的速度抓住一个人。

他身边还有几个人,其中一个留着平头,身材结实,看起来像是他们的领导。他关切地问我,这位女士,看看你手机还在不在?他是惯偷,要偷你手机。

我马上摸了一下口袋,手机还在,便松了一口气。原来,他们接二连三接到群众举报,说这边小偷频繁出没,于是派出所就派人来蹲点。

他们已经暗中观察好几天了。

为首的男子请我到城中派出所做笔录。见我犹豫不决,他拿出民警证说,你放心,我是便衣警察,是他们的队长,这是我的证件。

顺着他的目光望去,我又看到那几个青年,身材魁梧,气宇轩昂,笔挺地站在那里。

我相信他说的是真的。

我竟然碰到了便衣警察,情节和电视里的一模一样。

跟着警察来到派出所,我才知道当天他们已经抓了好几个小偷。科室里,几个民警在做笔录。小偷个个垂头丧气、灰头土脸地坐在那里。

俗话说"相由心生",果然如此,小偷们贼眉鼠眼,不敢正视别人,警察们则一身正气,帅气逼人。

即便不穿制服,我也能认出谁是警察,谁是小偷。

此后,我陆续被偷过几次,也目睹过别人被偷。

有一次,我和别人拼车去火车站,面包车上除司机外坐了四个人。我和一个女孩坐在后排,两名男子坐前排。其中一名男子掉了一沓钱,旁边的男子迅速捡起来放进自己的口袋。看到我盯着他,就恶狠狠瞪了我一眼,仿佛在警告我不要多管闲事。

我当时很害怕,不敢说话。这时,掉钱的男子察觉钱不见了,愤怒地要求司机停车,并报了警。

最后,偷钱的男子被扭送到派出所。

经历这件事,我不敢再跟别人拼车,出门改坐出租车。从此以后,我再也没遇到过小偷,再也没听到过小偷偷东西的事。

也许是科技的发展让小偷无处遁形,不敢伸手;也许是因为支付宝、微信支付等快捷支付的普及,让小偷无现金可偷。社会在发展,我相信,未来小偷会彻底失业。

101

生命里的那些温暖

每到过节,都会收到朋友或者公司送的礼物。

我突然想起妈妈经常告诉我的一句话:无论是去亲戚家还是朋友家,别空着手,多少带点小礼物。

那时觉得她太见外。都那么熟悉了,还那么注重形式做什么呢?虚伪。

现在却不这样想了。中国人最讲究礼节,无论礼物大小,都是一份心意。

每个月,我都会抽出一个周末去看妈妈。每次去,都会买很多东西。

弟弟有两个儿子,大的才四岁,每次听说我要过去,总会提前在楼下等。

每一次,我一进小区大门,远远地就能看到妈妈和小侄子们。她抱着小的,大的站在旁边,伸长脖子望着我。待我走近,老大马上凑上来,扒开手提袋,看看里面装了什么。若是自己喜欢的,便开心得像得到了宝似的。

于是，妈妈在前面带路，老大跟在我身后，手里提着自己能拿得动的零食。

妈妈边走边说，都说了呢，过来不要买东西，家里什么都不缺。虽然嘴上这么说，她心里是高兴的呀。那种被人重视的感觉，无论是妈妈，还是小侄子，都能感觉到的。

有一天，我临时起意去她那儿。过去的时候，两手空空，到了地方便和妈妈闲话家常。许久，才发现两个小侄子不作声，也不正眼看我。我对妈妈说，天太热了，小孩子不高兴在外面晒，回家避避暑吧！

妈妈笑着说，不是因为这个不高兴，是今天你来没给他们带好吃的。我顿时恍然大悟，只见两个小侄子，老大自顾自地玩着，老小噘着嘴巴，很不开心。当时感觉好笑，心想，现在的小孩子都这么聪明呀，这么小，就这么"势利"。

于是，我对他们说，走，姑姑带你们去买好吃的。他俩一下子笑开了，蹦蹦跳跳跟我去超市。

见此情景，妈妈也觉得很好笑。

时尚艺术大师加藤惠美子曾说过："朋友之间赠送礼物，可以赋予平常日子珍贵的意义。"

无论我们长多大，内心都保存着小孩子的本性，喜欢收到礼物。

感谢那些温暖我的人，参与了我的人生。

远方的"诗意"

那天,我一个人去同里古镇。出了地铁口,刚好有人也去同里,便和他们拼车。司机顺便向我们兜售门票,比在景区买便宜40元,于是欣然应允。

和我一起拼车的是一对小情侣。男孩问我,你怎么一个人?我便如实相告。事后才觉得自己太没有警惕性,以后要注意。

后来,拿着手里的磁卡往景区大门走,一边走一边对旁边的小情侣说,我们太大意了,如果他给的是一张废卡,我们就要重新买票。

男孩说,这点信任还是要有的。顿时感觉自己是不是太多疑了。

小情侣很快走到了我前面。男孩很细心,一路帮女孩拎包,付钱,逗她笑,看样子他们处于恋爱初期。

看看自己,孤家寡人,孩子上学了,先生回老家了,弟弟妹妹忙得很,父母照看孙儿,同事都是男的,有的和老婆一起去了九华山,闺密在家带小孩儿……

我仿佛是天下最闲最惬意的人。

其实不是。我觉得我病了,得了一种叫"空虚"的病。

我喜欢看书,但总不能看一整天吧?喜欢写文,也不可能一天都写吧?突然觉得,忙,是最快乐的。

出了景区还司机卡时,他态度非常不好,前后判若两人,大概觉得我放弃坐他的车回4号线地铁口,做不了我的生意了吧。

如果身边有朋友,他大概不敢这么对我,因为朋友会和我一起找他理论。此时我若跟他争吵显然是找打,因为他心情非常不好,好像随时要一巴掌拍过来。

最后我把卡递给他,没有眼神接触就走了。

看身边三三两两的游客都是结伴同行,感觉自己很单薄,不禁感叹:还是和家人一起出来玩比较好。一个人的诗和远方是很寂寞的。没有温暖的家支撑,越旅行越疲惫,越疲惫越孤独。

我不知道一生丁克的人是怎么解决孤独问题的,反正我害怕孤独,很依赖家人,出门都得有人陪。

整个上午都没有心思闲逛,边走边玩手机,行行摄摄。

下午一点就匆匆往回赶。

出南门时又累又饿,在肯德基点了一份套餐,只吃了一半。如果先生在,他会帮我把剩下的吃了,也会帮我背包,这样走石板路就不会那么累。

才出来半天,已特别想念家的氛围。以前不是这样的,如果哪里没有去过,没有时间,请假也得去。初生牛犊不怕虎,事先也不做攻略,一个人坐车到目的地,下了车再问路线,像猴子一样乱串。

不怕被骗,不会患得患失,玩一天还兴致盎然。

如果说从前的我是猴子,喜欢到处逛逛,那么现在的我就是蜗牛,到哪儿心里都背着自己的家。

曾经的愿望是走遍中国,环游世界,现在这个念头没那么强烈了。

越来越不爱出游，越来越喜欢安静地待在一个地方。时间，会改变一切，把沧海变成桑田。

我这块顽石变了。

越长大，越细心，越能参透世事冷暖，顾忌越多，感慨越多。

下次我不会一个人出来玩了。一路上，我只有一种感觉：孤独。

身边的一粥一饭才是最好的风景，我不要去远方寻找诗意了，我要在平淡的生活里活得热气腾腾。

第四辑　菩提向心觅

有人说，人生最好的状态是：两个人时，互为宇宙；一个人时，自成人间。有时候，热爱和期待，可抵岁月漫长。现在，让我们各自努力，最高处见。

工作养人字养魂

她为人忠厚老实，在职场很吃亏，业绩最好却不被认可。下班后，别人聚餐喝酒去K歌，成为领导的座上宾，她却早早回家写作、看书，显得特别不合群。

当初为了发泄情绪，她在一个论坛上写了不少文章。时间久了，越写越好，得到许多文字爱好者的认可，在他们的建议下，她开始给各种刊物投稿。

最初，她也被退过稿。大半年后的一天，一纸稿费单飘然而至，付出终于有了回报，她开心得手舞足蹈，从此一发不可收拾地爱上了写作，开始在全国各地的报刊上发表作品。

有时收到稿费，她都不知道什么时候投的稿。每次去拿稿费单，门卫大爷总惊讶地问，妮子，你啥时候写的？望着他诧异的眼神，她微笑不作答。她喜欢宁静的文字世界，不想太张扬。

她很高产，常常这篇刚开始写，下一篇题目就冒出来了。为了提高写作水平，她读了很多名家经典，还趁做家务的时候听书，把时间充分利用起来。

  有人劝她报写作培训班，她委婉拒绝，因为写作是一个自我探索的过程，这个过程要自己经历。文章，虽然有套路可循，但用心写的故事才动人。

  同事听说她写作，就问，写作能当饭吃吗？她淡淡一笑，不予理睬。记得有句名言：假使你有两块面包，你得用一块去换一朵水仙花。在她看来，物质的富有可以让人暂时快乐，却远远比不了精神上的丰盈。

  她喜欢用文字倾诉的感觉，写作也不是为了赚稿费，而是为了圆儿时的文学梦。以后的目标是写属于自己风格的文章，不随波逐流。

  在出书这方面，她的原则是：不自费不求人。她要用文字的香来吸引编辑。如果写作者都有她这样的风骨和底气，能写不好吗？

  写作一年后，她把发表过的文章整理出版。新书上市后，她人实诚，不会吆喝，也不好意思发朋友圈。后来编辑反复劝她：你文字这么好，要好好"显摆"，她才放开思想，在朋友圈介绍自己的新书。

  得知她出书，同事们对她刮目相看，市领导也打电话过来慰问，还说要给她举办新书发布会。

  领导说："我不认识你们行长，但是现在我认识你（她是银行职员）了。"

  看了她的故事，我突然想起一句话：你若盛开，蝴蝶自来。哪有时间想东想西？哪有时间去搞人际关系？放弃无用的社交，用那些时间种草，草儿茂盛，自然吸引马儿过来。

  文字，你得很爱它，它才会很爱你。工作，养人；文字，养魂。余生，我要像她一样，爱我所爱，用文字丰盈自己。

热爱可抵岁月漫长

有人说,这个假期真无聊,从前浓浓的年味变得平淡。

以前的愿望是吃吃喝喝宅在家,过着像猪一样的生活,现在发现猪过得也不容易啊。

新冠病毒感染疫情突然降临。村村封路,户户闭门,平时热闹的集市了无行人。

这个年,很多人过得有点"艰难",像笼中的鸟,无比向往自由和外面的世界。我对小确幸的感知也从来没有这么强烈过,无比怀念吃吃喝喝潇洒轧马路的生活。

宅家和被迫宅家是两个概念。对于天生好动,一静下来就焦躁的人,被迫宅家无疑是酷刑,如陷牢笼。有网友发抖音:无聊到发疯,弄几个鸡蛋放被窝孵小鸡。有人开着视频敬酒、吹牛,有人隔空喊话,跟对面楼栋的人聊天解闷,甚至有人放鞭炮取乐……各种消遣方式层出不穷。

虽然有点儿夸张,但也符合事实。搞笑之余,我不禁感慨,难道除了这样的消遣,就不能做点别的事吗?

其实，物质的富有可以让人暂时快乐，但精神生活的充实才是真正的丰盈。在外界失去支撑后，向内求，才能修一颗宁静心。

六祖说："一切福田，不离方寸。从心而觅，感无不通。"向外求，四面八方，前后左右，一切都是虚无。向内求，让自己当下平静，清晰地感知心声，才不会因为失去外界的支撑而无聊。

我特别喜欢一个演员，他不仅外形俊朗，演技精湛，还多才多艺。他会摄影、英语、写作，还擅长网球、游泳、篮球、桌球。随便挑一个才艺，你都能称他为"老师"。

闲暇时间，他会安静地捧一本书细细研读。曾有网友在微博上晒他读书的照片，专注而认真。据说他在登机、入住酒店等待的间隙，不上网，不闲逛，只是一个人坐在那里认真看书。

舞台上，他可以谈笑风生；一个人时，他也不会感到无聊，能享受独处的快乐。

对于他来说，这些爱好能让浮躁的心安静下来，与周遭的温度、空气等融为一体，可以疗伤。

他的帅早已不是简单的外表俊俏，而是散发着书香，饱含儒雅之气。

一个网友说，这次疫情的发生，让他发现平时多培养爱好究竟有多重要。

热爱美食的他，以前吃速冻水饺、汤圆，现在喜欢花时间亲自下厨做一桌好菜。

饭后练练书法，抄抄好诗词，累了就看书，看电影，画画，写日记。他专门建了一个文件夹叫"2020"，宅家这段时间，断断续续写了12篇日记。

没事的时候去阳台看看天，有时会拍到飞机，有时会拍到好看的云，其乐无穷。他说，2020年新增的爱好，就是拍天空。

等疫情结束，这些都是满满的回忆与收获。而那些刷手机、打牌、玩游戏、无聊到放鞭炮的人呢？估计除了无聊和一身肉肉，一无所获。

人与人之间的差距，在业余时间得到充分体现。

周国平说，人生最好的境界是丰富的安静。

对于有积极追求的人来说，宅家就是最好的充电方式。他们对这个世界永远充满好奇，时间对他们来说根本不够用，更谈不上无聊到发疯。

人生是由无数个平淡日子组成的，生活越平淡，越考验一个人的耐力。多培养几个养心的爱好，就不会因为没事做而无聊。

有人说，人生最好的状态是：两个人时，互为宇宙；一个人时，自成人间。有时候，热爱和期待，可抵岁月漫长。现在，让我们各自努力，最高处见。

女人,真不"容"易

去逛街,一位整形医院的推销员拉住了我:"喂,姑娘,要不要考虑微整一下?鼻子可以再挺点,眼角可以开大点,有法令纹可以注射玻尿酸,脸部可以打瘦脸针,变成锥子脸会更完美……"她滔滔不绝地讲着。听了她的话,我感觉自己好像哪儿都不完美,浑身上下都要整。没等她说完,我就拉着朋友跑了,心里悄悄对她说:"整容,NO!"

爱美之心人皆有之,但过于苛求,甚至为了美牺牲健康,就没必要了。

我有一个同学,从小就是出了名的美人坯子,长得很像某个明星。但她一直不满意自己的长相,对外表的追求到了苛刻的地步。她嫌自己的太阳穴不丰满,双眼皮太宽,下巴不够尖……

总之,她觉得她的长相离完美差远了。大学毕业到现在,十几年了,她每年都去做微整,花在脸上的钱近二十万元,这在三四线城市,抵得上一个穷人家十年的收入了。

最近听说她在打官司,原因是她在整太阳穴的时候,整形医院操作失误,加上填充物不合格,太阳穴旁边鼓了个大包,看起来非常难看。而且这个填充物已经散开,很难取干净,伤口还在发炎,这位同学苦不堪言。

那些她平日里得罪的人,现在都对她冷嘲热讽。为此,这位同学不敢出门,每日以泪洗面。家里每天冷锅冷灶,打官司更是又耗精力又费家财,至今未有结果。丈夫也忍受不了周围人的压力,和她离婚了。好好的家庭,就这样散了。

女为悦己者容。我们爱美,让自己变得更美,不就是想得到别人的认可,让自己的生活更幸福吗?但为了整容放弃健康,毁坏家庭,显然是与自己的初衷背道而驰的。

整容有风险,而且风险很大,即使是明星,也无法规避。有时花巨资整容,也可能越整越难看,甚至还有整容后遗症。

也许很多人都知道,前几年发生了一件女明星整容致死的事。为了变得更美更上镜,这位女明星走上手术台后再也没有机会睁开双眼。

正值青春年华,前途一片光明的少女,人生就这样黯然落幕了,多么令人痛惜。其实很多整容的人,本身长得就不差,但也正是因为长得并不差,才希望自己更完美,才渐渐走上一条不归路。

曾看过一档综艺节目,一位韩国明星在录节目时忍不住大笑。当镜头定格在她的面部时,人们发现她的鼻子歪了,鼻孔瘪了下去,里面透明的填充物清晰可见。台下观众一片唏嘘:原来她美丽的容颜也是后天整出来的啊。那时,她才知道自己整容的事露馅儿了,但为时已晚。

整容的人,幸运的,变得越来越美,老公越来越喜欢,也因姣好的面容得到了好工作;不幸的,整容失败,覆水难收,再也回不到过去,生活陷入困境。

无论是幸运还是不幸,无一例外的是:我们都会老,皮肤都会松弛。

整过一次,就要不停地整以维持美丽。如果放任不管,整过的部位很快就会松垮,比没整容之前更难看。

整过容的人,据报道,晚年时会有很多后遗症:头痛,填充物老化、移位，整容部位发炎、溃烂……而这些后遗症，是无法治愈的，只能缓解，但整容时医院是不会告诉你这些的。

那些整过容深受其害的人，对这些痛苦也难以启齿，只能默默承受，所以我们看到的都是他们整容后光鲜的一面。

古人云：与其修饰面容，不如修正心胸。有人觉得自己不美，是缺乏自信，是心理上的自我否定，因此应该花钱和时间去提高自己。

腹有诗书气自华。多读点书，报个培训班学个才艺，气质就会越来越好。内心丰盈了，面容自然光彩照人。到了那个时候，哪里还需要整容呢？

无论何时,记得好好说话

古代深宫,无论是新进的丫鬟还是新选拔的秀女,她们入宫后第一件事就是学会礼仪,学会说话。有问有答,语气谦卑,说话中肯,如果不小心说错话,轻则掌嘴杖责,重则丧命。

古代不知有多少朝廷大臣因为说话轻狂得罪政敌,被人怀恨在心,或仕途衰落,或被报复致死。

现代社会,不懂得好好说话,后果虽没古代那么严重,但一定会影响人际关系,影响工作或生活。

中午休息,小蕾发微信跟我抱怨:"气死我了,茜茜说话真让人难以接受,以后再也不理她了!"

原来,小蕾想请设计师茜茜帮忙修一张照片做微信头像,茜茜非但不答应还随口说:"你都那么大年纪了,就别学人家小姑娘卖萌了好吗?"

其实茜茜也就随口那么一说,但没想到小蕾当场气结,反驳道:"我年纪大怎么了?有本事你永远18岁啊!"茜茜沉默了,才意识到自己说话不中听。

茜茜不是第一次得罪人了。因为说话不经大脑，渐渐地，大家都不再找她聊天儿，慢慢孤立了她。

在办公室，她形单影只，工作上事事靠自己，遇到困难连个愿意帮她的人都没有。

小蕾新来公司不久，并不知道茜茜人缘儿差。她主动找茜茜帮忙，这是茜茜与新同事搞好关系的绝佳机会。处理一张照片，对于做设计的茜茜来说，一分钟就能搞定。偏偏她拒人于千里之外，还么挪揄小蕾，以后再想和小蕾搞好关系就难了。

俗话说，一句话让人笑，一句话让人跳。

有的人说话让人难以接受，并不是因为情商低，而是故意为之。心里有多苦，嘴巴就有多毒。碰到这种人，最好敬而远之，不要给自己添堵。

刚结婚那年，朋友和她老公经常吵架。他们年轻气盛，吵起架来互不相让，有时吵架还会变成打架。

她的一个女邻居，特别喜欢在他们吵得激烈的时候来凑热闹，假装劝架，其实在一旁偷笑。

朋友收拾东西要出走，她站在旁边煽风点火，还问朋友，是不是永远不回来了？是不是要离婚了？朋友忍无可忍，拿起扫把朝她打去，最终她灰溜溜地走了。

甜言蜜语三冬暖，恶语伤人六月寒。好好说话，并不是让我们一味奉承别人，而是要懂得忍让，进退有度，尊重别人的隐私，平等沟通。切莫在别人失意之时提自己得意之事，更不要在别人得意之时泼冷水。

有人说话做事喜欢抢风头，当时看似风光，最终吃亏难堪的还是自己。

我的文友薇安有一次在家举行派对，邀请了她的作家朋友姗妮，一个才貌双全的女孩。姗妮在文艺圈小有名气，薇安想借此机会让别人知道她有一位这么优秀的朋友。

事实证明,薇安的这个朋友确实"优秀"。她一出场,就惊艳众人。除此之外,她还带来了新书,侃侃而谈自己的创作经历。趁她换话题的间隙,薇安想插句话,她又接着高谈阔论,薇安只好默默坐在一边吃东西。

整个派对气氛高涨,大家笑声不断,似乎忘记了薇安的存在,都被她的作家朋友的妙语连珠所吸引,这个派对显然变成了这个作家朋友的新书发布会。

薇安在一旁默默地看着,心里五味杂陈,自己辛苦准备半个月的派对,结果为他人做了嫁衣。

此外,薇安的新书因为申请书号失败,暂时不能出版,她本来想借此派对调节一下郁闷的心情,没想到更加郁闷。

从此薇安的派对再也没邀请过这位朋友。

我们都是凡人,有七情六欲,再有包容心,面对不合时宜的人也会生气。

无论对谁,请记得,带上你的诚心,好好说话。

写作抄袭那点儿事

有人说,天下文章一大抄,看谁抄得好。这句话虽然失之偏颇,但也说明了,写作要积累素材,单凭个人造句子、编故事,才思会很快枯竭。

聪明人都善于从名家文章中找灵感,有时书中的一个词、一段话、一件事,会带来很多灵感,可以写好几篇文章。但写这些文章时,观点难免会与曾看过、听过的观点相似,这就牵扯到了是不是抄袭的问题。

写文初期,少不了模仿,这和画画、书法、音乐等一样,属于临摹阶段。但一个优秀的作者,不会一直模仿别人。

每个人都是独一无二的,别人写得再好也是别人的。我觉得,文字还是要有自己的风格和特点,让别人一读,就知道是你写的,里面要有个性化的东西。名家虽然有很多人喜欢,但如果你写专属自己的文字,说不定也有人喜欢呢。

如果读书多了,不知不觉化用了诗词歌赋,这算不算抄袭呢?我个人认为不算,前提是"合理化用"。

其实自古以来,化用诗词就很普遍,哪怕是名家,也会化用前人的话，从别人的作品里找灵感。

比如纳兰容若，他有很多词化用了前人的诗句。他的经典悼亡词《南乡子·为亡妇题照》，其中有句："凭仗丹青重省识，盈盈，一片伤心画不成。"这句"一片伤心画不成"沿用了唐朝诗人高蟾《金陵晚望》中的诗句："世间无限丹青手，一片伤心画不成。"

他用前人的诗句，写出了新意，为自己的词增色不少，且流传千古，比原作还有名，还不影响人们对它的喜爱。

又比如苏轼的《减字木兰花·莺初解语》，其中有一句"微雨如酥，草色遥看近却无"，化用了唐代韩愈的诗句："天街小雨润如酥，草色遥看近却无。"

如果按现在的观点，苏轼的诗就是抄袭。但那时没有抄袭一说，再说用的又是前人的诗句，就这样流传下来了。

宋代的李清照更是用词高手，用经典于有形。比如她的《临江仙·梅》："庭院深深深几许，云窗雾阁春迟。"她读了欧阳修的《蝶恋花·庭院深深深几许》，爱不释手，也模仿了一首，开头第一句"庭院深深深几许"还直接用了原句。即便如此，李清照的这首词仍不失为一首好词，意境优美，深情生动。

最近读李清照的词，发现她的很多诗词都有借鉴的影子，但用得比原来更妙，写出了新意。

我想，在古代，生活简单，没有娱乐，文人无聊时无非就是看书、下棋、听雨、喝茶等。读书可以扩大词汇量，更新观点库，而且那时书籍少，一本书读上百遍都有可能，烂记于心更是不在话下。

"熟读唐诗三百首，不会作诗也会吟。"明白了这个道理，那他们化用古诗词也就不奇怪了。

中国的古典文化是瑰宝，人人都可以学，都可以用。

写作时尽量避免和别人雷同，如果想出彩就学学苏轼、纳兰容若这些大文豪吧，善于化用古诗词。

有生之年，做个感恩的人

她是一个美女作家，不管是逢年过节，还是出去旅游，都会细心地给恩师挑选礼物。

从一个懵懂的大学生，到考研、工作；从大学教师到辞职、全职写作，再到出书，一路走来，恩师的指点与提携，让她受益匪浅。

成名之后，她仍不忘恩师，给恩师拍照、修图，帮她设计卡片，还帮她运营公众号……无论多忙，她都会抽出时间去看望老师，帮老师做一些力所能及的事。

教师节这天，她送给恩师一套进口化妆品，并寄语：感恩老师，有了您的提携才有我的今天。只要您不嫌弃，我永远追随您、黏着您！给您拍照拍到老！

老师发了一个笑哭的表情图片：感动得要哭了，这孩子懂得感恩啊！

此时此刻，老师肯定很欣慰，因为教出了出类拔萃的学生。经历过人情冷暖，她一生都在温暖别人。好人有好报，最后她又被自己的学生温暖、疼爱着。

因为她高雅敞亮，吸引的也是高雅敞亮之人。她足够好，她教出的学生才会懂得感恩。

这让我想起了学生时代我的老师。每逢教师节，卡片像雪花一样飞来，寄卡片的都是老师一手栽培出来的学生。

得益于老师的教诲，他们有的在大学读书，有的已经毕业做了医生，有的是高级工程师，有的出国，有的自己创业……

无论在哪儿，他们都不忘当年恩师的点拨。

老师收到厚厚一沓卡片，上面写满了祝福语。

老师展示给我们看，自豪地说："只要你们能进步，我再苦再累也是值得的！"

我当时想：毕业以后，我还会记得老师对我的好吗？我会在每年教师节给她寄卡片吗？她收到我的卡片，会不会也在课堂上向学弟学妹们夸我？我会不会成为她的骄傲？

无论怎样，都要努力才好，不辜负自己，也不辜负老师。

那天在书上看到一句话："爱过你的人不要恨，帮过你的人不能忘，至情至性感恩！"

一路走来，帮我的人太多了，而我只是简单说了声"谢谢"。对于别人的恩情，我虽然铭记于心却没有付诸行动去报答。今后，希望通过努力可以成就自己，也可以帮助他人，满怀感恩地去生活。

第五辑　人生不言弃

> 她看了看护栏，大概到她腰部。父亲所说的事，不知是多少年前的了，她早已忘记，他却还记得这么清楚。

她曾被苦难折断翅膀

初次遇到她那年,她腰上还打着钢板。

她是泰州人,来自一个单亲家庭。后来母亲改嫁,一颗心都给了继父,把男人当成了天。

母亲脾气暴躁,总嫌她拖后腿,经常打骂她。

她渐渐变得敏感又自卑。

有一次,母亲又因为一件小事骂她,她争辩几句,恼羞成怒的母亲要把她赶出家门。

她悲愤地说:"你生我养我,现在我就把命还给你!下辈子再也不要和你做母女!"

说完,她从三楼一跃而下。

母亲没想到会是这样的结果,惊呼着跑下楼,但为时已晚。她摔断了腰椎,险些瘫痪。

后来,她来到苏州,找了一份工作,勉强养活自己。不久,她爱上了一个男孩,男孩也很爱她。她以为从此会幸福,不料一场突如其来的车祸，毁了男孩的一条腿。

她向公司请了长假，日夜守在他身边，哭成了泪人。男孩醒来后，知道自己不能再给她幸福，一次次赶她走。

从小没有得到过爱的孩子，尝过被抛弃的滋味，特别害怕再次被抛弃。她不肯走，哭着求他让自己留下来。最后，男孩还是硬着心肠偷偷出院，销声匿迹了。

再见到她，已是十年后。

从前，她很瘦，很白，脸上散布着褐色的小雀斑。她的眼睛很美，灵动的眸子满是淡淡的忧伤。

现在，我几乎认不出她了。她已发福，身材臃肿，短短的马尾高高扎起，秀气的鹅蛋脸不复存在，浑浊的眸子里透着商人的精明。穿着亦不如当年精致考究，身上随便套了一件白T恤，宽大的衣服也遮盖不了她圆圆的肚子，从前纤细的身材变成了梨形。

照片上的她放肆笑着，丝毫没有少女时代的羞涩与温婉。

她嫁给了一位常熟人。老公是商人，经营大闸蟹生意。家里房产数套，现在住的是别墅。

命运对她是公平的，虽然给了她不好的原生家庭，但她婚姻幸福，至少她看上去快乐、富足。

他们一家四口刚从日本旅游回来，拍了很多照片。

现在她已经成为老公的好帮手、好妻子。儿女双全，衣食无忧。

原来，时间真的可以改变一个人，它能让沧海变桑田，让美人迟暮，让爱情变成童话。

午夜梦回，她是否会忆起曾经深爱的男孩？她会不会想念过去的自己？是否回首过那段青葱往事？

答案只有她自己知道。

有时大大咧咧活着，也是一种自我救赎。

坚持学习改变了他的命运

丰来自鄂北农村,因为穷,初一未读完便外出打工。

第一份工作是在工地上搬砖。因为年纪小,经常受欺负。尽管努力跟别人相处,却总有人在吃饭时踢翻他的碗,新买的牙膏总是不知所踪,洗好的衣服总是莫名其妙被弄脏……

他不想一辈子都在工地上度过,同时也为了打发时间,就找一些书看。那段日子,是书给了他活下去的勇气,让他在黑暗中看到曙光。他看完之后就写读书感悟,文采也越来越好。

有一次,领导来指导工作,随行的翻译气质优雅,妙语连珠,气质如兰。尽管听不懂,他却觉得女孩神圣、迷人。

看着他痴痴的样子,女孩对他莞尔一笑,仿佛在鼓励他:"加油!你也可以!"

女孩走后,他一直念念不忘。"腹有诗书气自华",原来,人还可以活成这样。

他在书中看到这样一句话:"腾不出时间学习的人,迟早会腾出时间来伤悲；腾不出时间思考的人，迟早会腾出时间来后悔。"

他不想悲伤，所以，从现在开始，他要努力！

他报了外语培训班，从最基础的知识开始学。从单词，到后来的语法、口语、听力，经过训练，掌握窍门后，他越学越开心。他觉得，女孩是上苍派来帮他的，不然，他一个农民工，不可能去学英语。

十九岁那年，他离开工地，怀揣这几年的积蓄，去南京求学。他联系了一所私立大学，选了英语专业，继续进修。放学后，除了背英语单词，他还找了一份兼职。

记不清多少个日夜，室友出去约会、吃烧烤、看电影，唯独他留在宿舍背单词、看英语新闻。

一个人，终于可以大声读出来，不用担心吵到他人。他对着镜子，一遍遍练习发音。

有时候，他觉得自己太苦了，但想想老家颓败的房子、缠绵病榻的父亲，还有未知的命运，他就知道没有偷懒的理由。

他外表坚韧，内心亦如此。没有依靠，唯有自救。

几年后，他本科毕业，在苏州一家知名公司做总经理助理。

这一做就是十年。

其间，他买了房和车，从一个俊朗的年轻小伙儿变成了中年大叔。后来，公司效益不好，他萌生了经商的念头。

这时互联网兴起，他注册了一个网店，在上面卖一些日用品。后来，他发现国外代购的市场很大，刚好堂姐嫁到加拿大，于是就让堂姐帮忙联系贸易公司，做起了专业代购。

刚开始时很辛苦，从产品上架到运营再到出货，都是他一个人忙活。每天发完货，还要学电商运营。关上电脑，已是深夜。

说起创业的激情，他说，大概是因为中年危机吧，他觉得不能错过这个商机。

一年时间,他成立了团队,销量翻倍,事业蒸蒸日上。

他说,他从不敢懈怠,因为网络时代,产品更新太快,形势变化太快。要想走得更远,就要不断学习新知识,努力创新。

都是钱惹的祸

每次回老家,都会看到周翠娥站在弄堂里闲聊,腰板挺得笔直,新烫的卷发染了黑,好像电影里的包租婆,显得很阔气。

黝黑的脸上涂了厚厚一层粉,好像驴粪蛋儿上下了一层霜。

有人夸她衣服好看,她便得意地说,她家有的是钱,衣服买了不喜欢就扔!这让别的老太太羡慕不已。

今年春节回家,听邻居说,周翠娥快不行了,得了胃癌。

我大吃一惊,她之前不是活得好好的,彪悍得很哪。邻居说,癌症不挑人,不是看起来健康就不会得。

发现的时候,已经是晚期。医生说,觉得不舒服,怎么不早点来检查?

去年夏天,她就每天吵着胃痛。麦收时,大家忙得热火朝天,她胃出血。每次去村里诊所,大夫都按胃病治,给她打几天点滴就打发了。

邻居们劝她:"病可大可小,千万别大意,让你儿子带你去医院检查一下。"她总摆摆手:"我儿子现在开公司,工作很忙,不想拿这些小事烦他。"

大家都知道她有个有钱的儿子，在北京开了一家公司，在最高的那栋楼里。周翠娥说，儿子赚的钱，这辈子都花不完，开的都是百万豪车。

久而久之，大家都知道她阔气，见面喊她"周姐"。周姐有一张能说会道的嘴，能把死的说成活的，没的说成有的。除此之外，她还喜欢骂人。村里哪个人惹了她，少不了挨一顿臭骂。

有一次，她养的鸡跑到邻居家，再也没出来。她怀疑那家人嘴馋偷吃鸡，于是，吃过饭就站在他们家门口骂，一连骂了好几天。

骂过后，见面又跟人家打招呼。人家不理她，她就骂人家不给面子，转身又去揭人家的老底。

"敬酒不吃吃罚酒，我就是要她臭遍整个村！"她对别人说。

邻居去她家，她打开冰箱，指着冷藏的羊肉说，这是儿子给她买的；又指了指满衣柜的衣服说，这是上次去北京儿子在商场给她买的；又晃了晃金戒指说，这也是儿子送她的。邻居的眼都看花了。

她每天叙述自家的辉煌岁月，时间久了大家都听腻了，她却觉得别人嫉妒她过得好。

现在村里人都不爱搭理她，只有几个好事的老太太喜欢听她神侃。

最近几个月，她的胃疼得越发厉害了，疼起来要人命，直冒冷汗。她对男人说："带我去检查一下。"

检查结果让人大吃一惊：胃癌。

医生说，太晚了，癌细胞已经扩散，不建议手术，保守治疗。

接下来，住院，化疗。

这几个月她在人们的视野彻底消失，大门紧闭。从前她总往外跑，自从做了化疗，头发掉光了，再也没出过门。

有一次，她出门倒垃圾，没有戴假发，被人看到。她顿时恼羞成怒，破口大骂，那人被骂得莫名其妙，还不敢反驳。

那人回头对别人说，她生病了还这么凶，若是做鬼，肯定是个厉鬼。

见过她的人说，她瘦了很多，化疗也没效果了，再过几个月可能就见不到她了。

她口口声声夸耀的儿子，就回来看过她一次，第二天就走了。村里也有人在北京，捎话说，她儿子公司破产了，欠的高利贷、银行贷款也没还上，现在在变卖豪车补贴家用。

村里的弄堂安静了。再也没有人羡慕她。

人们都说，可恨之人必有可悲之苦。其实她早就知道儿子负债累累，但又怕被人看不起，于是每天在村里吹牛，为儿子树立好形象。

如果不是一味节约，经常吃咸菜，也许她的身体素质会好些。如果不是为了省钱，不舒服就去医院检查，及时发现并治疗，也许她会活得久一些。

邻居对我讲完这些，末了长长叹了一口气，都是钱惹的祸啊！

摆摊儿的女人

早上跑步,路过小区大门口,总能看到女人的早餐车。破旧的三轮车上支着一口平底锅,锅里的油"吱吱"响着,空气中氤氲着食物的香气,诱惑着每一位路过的人。

虽然才六点,但摊儿前已有好几个人。女人一边忙碌,一边热情地问,要不要辣?要不要番茄酱?还要加点别的吗?做好后微笑着把煎饼递到客人手上。

我买了一个菜煎饼,刚扫完二维码支付,不知谁突然大喊一声:"城管来了!"我还没来得及拿菜煎饼,那女人就已匆忙跳上三轮车,风一样骑走了。

这件事情很快被我忘到九霄云外。再次看到这个女人,是在半年后的一个早上。我照例去跑步,路过大门口,听到一个女人弱弱的叫卖声,循声而去,才发现站在路边瘦瘦小小的她。

她看到我,惊喜地说:"姑娘,可等到你了。上次真是抱歉,你付了钱,菜煎饼没给你。"说完,她从旁边的铁桶里拿出一个冒着热气的菜煎饼给我。

她的三轮车停在几米外的马路边，也许是怕城管查，她提前把煎饼做好，拎着桶叫卖。

眼前的她比之前更羸弱，略显憔悴。

头发蓬松又不自然，原本清澈明亮的大眼睛也变得浑浊黯淡了，谁也不知道她经历了什么，但是可以肯定，她过得很艰难。

交谈后得知，15年前，她先是得了胃癌，切掉了三分之一的胃，不久后复发，癌细胞转移到了肝，经历手术、化疗、放疗后，她奇迹般活了过来。

半年前她又被查出得了乳腺癌，切掉了左边的乳房。化疗后她的头发掉光了，头发像一片贫瘠的土壤，寸草不生。癌症夺去了她美丽的长发，身体康复后，她不得不戴假发。

她前后两次患癌，经历18次化疗，几经生死。丈夫为了帮她治病，把房子卖了。本来家境颇为殷实，现在却一贫如洗。她原本有份很好的工作，在一家大公司做管理，有着不菲的收入。原本静好的岁月被癌症扼杀了。

看着丈夫为了自己的病奔波劳累，她总会产生轻生的念头。可是，如果她倒下，她的家庭将支离破碎，丈夫所有的付出都会变成镜花水月。对家庭和生活的眷恋，支撑她度过那段艰难的时光。

患病的时候她才知道，原来生活中最普通的一粥一饭都那么珍贵，安静地在阳台晒太阳都是一种奢侈的享受。以前这种闲逸的时光，生活中大把的小确幸，她怎么就没有珍惜呢？

现在，她是不幸的，但她又是幸运的。她有爱她的丈夫，她还有生命。她可以看朝阳升起，看潮起潮落，而她的病友，却永远没有机会了。

在病房里，眼看着病友因癌症去世，她无能为力，更担心自己也会面临那样的命运。

"现在上苍给了我重生的机会，我要珍惜。眼前的困难，比起癌症又算得了什么呢？"她开心地说，目光变得坚毅而安定。

望着她坚强的样子，我突然觉得她很美。那是一种坚毅的美，一种面对困难不屈不挠的美。

后来，遇到挫折的时候，我总会想起那个摆摊儿的女人。她像一位智者，告诉我，无论经历怎样的磨难，都要笑着面对。调整心态，迈开步子，就能跨过生活的沟沟坎坎。

谁能暖热她的冷

那天坐高铁去上海,时间尚早,便就近找家餐厅吃饭。

透过玻璃窗,我看到一位年过花甲的老人拄着拐杖走进餐厅。她身材微胖,头发花白,皮肤白皙,精神矍铄,健朗的身子和拐杖很不相称。她虽然刻意倾斜身子,拐杖却像故意和她作对,完全不听使唤。

我以为她是来吃饭的,谁知她进门就径直走向我,指了指桌子上的包子说,我饿了,可不可以给我吃?

我拿了包子给她,怕她吃不饱,想再叫一碗馄饨,她却接过包子就走了。

大概是觉得不好意思吧。光天化日之下,如果不是饥饿难忍,谁愿意大清早低声下气跟别人讨饭?

过了一会儿,她又转回来。服务员偷偷从口袋掏出一根油条给她,让她走远点,不要影响客人就餐。

她年纪这么大还出来乞讨,是不是没有儿女?是不是想看看外面的世界,又没能力挣钱,就只能用这种方式养活自己?

这些乞讨的老人大多是鳏寡老人，看到同龄人儿孙满堂，老有所养，自己无依无靠，每天冷饭冷灶，家中没有一点儿烟火气，心里肯定很难过吧。

这让我想起了老家的一些事。

儿时的乡村，几乎每个村都有一两户独居的老人。他们要么年轻时好吃懒做，要么身体不好，要么精神异常，要么家境贫寒……由于各种原因单身，最后晚年凄凉。

我家隔壁就有一位老奶奶，她脾气暴躁，经常恐吓在她家门前玩闹的小孩儿。妈妈一再告诉我不要去招惹她、刺激她，否则会被打。

她是个寡妇，儿子刚出生丈夫就去世，她受了刺激，精神失常。加上娘家人丁稀少，只有一个弟弟，可以说她是真正的孤家寡人。

那时的小村不仅贫穷而且封建，一个寡妇带着儿子，生活艰难不说，还要遭受左邻右舍的嘲笑。不知这位老奶奶吃了多少苦，流了多少泪，才把儿子抚养成人。

她的儿子成年后因为家境贫寒，没人愿意与之来往，也没有姑娘肯嫁他。

过年回家碰到他，他并没有我想象的颓废。他早出晚归，每天去建筑工地干活儿，风雨无阻。几年下来，倒也攒了一些钱，把破房子推倒重建，盖了两层小楼。

这时媒婆上门了，喜笑颜开地给他说了一门亲。

另外一个，是我外婆家的邻居。他们家祖孙三代都是单身。爷爷这代因为穷加上长相丑陋，终身未娶。

后来他收养了一个被人丢弃的孩子，这个孩子长大后，因为家庭背景不好，没有姑娘愿意嫁给他。后来他也领养了一个孩子，好给自己养老送终。

这祖孙三代在自家门前开了间烧饼铺子，因为手艺好，人热情，他们家的烧饼远近闻名，生意自然不差。

　　现在，经常能在高铁站附近看到乞讨的老人，有的大清早在路边唱歌求打赏，歌声凄婉哀怨，让人心生怜悯。有的坐在蒲团上吹箫，旁边的碗里零零星星躺着几枚硬币。有的直接端着碗伸手要钱。

　　人们来去匆匆，很少有人注意到他们的存在。

　　常看到媒体对弱势群体的报道，悲凉又无奈。无论有过怎样的遭遇，我相信，只要勤劳踏实，日子一定会越过越好。

生命中那个最重要的人

　　从小,她的父母感情就不好。父亲脾气暴躁且固执,母亲是其第二任妻子。她记不清是在几岁,母亲终于忍受不了父亲的虐待,走了。

　　父亲对她要求非常严格,成绩必须是前三。即使在假期,她也必须八点前睡觉,早上六点起床背书。父亲从来不给她零花钱。

　　她看到别人吃零食很羡慕。有一天,她终于忍不住,从父亲换下的大衣口袋掏出几元钱,买了山楂片吃。同学看到后,跟她父亲告了状,她被暴打了一顿。

　　父亲经常打她。哪怕她只犯一点儿很小的错误,也会被他拿皮带、棍棒等东西狠狠地打。如果她悄悄把皮带藏起来,他会气急败坏直接从花园扯根藤条打她。

　　她每次挨打的时候都不吭声,也不哭,只瞪着眼睛,恨恨地看着父亲。此举只会让他下手更狠。

　　她常常噙着泪睡觉,一边抚摸伤口,一边暗自发誓:一定要出人头地!一定要努力考上大学,离开这个没有温暖的家!

她一直怀疑自己不是父亲亲生的，每次看到别的孩子赖在父母怀里撒娇，她都特别自卑，有想哭的冲动。她是没人疼的孩子，连母亲都不要她了。

挨打成了她的家常便饭，同学圈里人尽皆知。每当孩子不听话，家长都会拿她当反面教材训斥孩子，你再不听话，就得像她一样挨打！

她低着头默默地走，感觉背后一阵灼热，仿佛有上百双眼睛在齐刷刷地瞅向她，于是她加快脚步，极不情愿地跑回家。

数学只考90分，跟同桌打架，吃饭太慢，忘记洗碗，超过八点睡觉，不服老师的批评……这些都会成为她被打的理由。

那时候，她很怕爸爸，总盼着妈妈回家。妈妈一回来，她就拼命黏着她。妈妈走的时候她哭喊着追下楼，有一次走得太急还摔了个狗吃屎。

后来她长大了，父亲也五十多岁了。他不再动不动就拿皮带抽她，而是让她做喜欢的事情，比如学音乐，比如出国留学。

父亲不擅长表达，20年没有牵过她一次手，也没有说过一句"我爱你，宝贝"。

前段时间她回国探亲，顺便去看看老房子，走的是过去常走的一条小路。北方的窗户，都会装那种凸出来的护栏，因年代久远，护栏又脏又锈。她扯起衣角，躲着护栏走，免得蹭到铁锈，却见父亲手摸着护栏的下框一步一步朝前走。

她惊奇地问，爸爸，你摸那个干吗呀，多脏！

父亲愣了一下，突然笑了，拍拍脑袋说，你看我，真是老糊涂了。你小时候走这条路，有一次脑袋不小心磕护栏上，疼得哭了一晚上，我给你抹了一星期药。以后每次走这里，我都用手给你护着点儿，习惯了……

她看了看护栏，大概到她腰部。父亲所说的事，不知是多少年前的了，她早已忘记，他却还记得这么清楚。

她想起来，每次回家，父亲都要大扫除，里里外外收拾得干干净净。

邻居对她说,一看你父亲打扫房子,就知道你要回来了。她听了鼻子一阵酸,哽咽着说不出话。

父亲一边走一边歉疚地说,以前总是打你,是因为我恨铁不成钢。现在想想,是爸爸对不住你。爸爸没能让你过得开心,让你经历了这么多不该经历的事情。

她的眼泪快要掉下来了,她想告诉他,女儿早原谅他了。

她抬头望向天空,努力吸了吸鼻子,让眼泪流回去。她相信亲人之间心意相通,她能理解父亲的苦衷。

傻娘

婕儿的爹家里穷,父母早逝,人丁单薄,到了成家的年纪,没有姑娘肯嫁给他。后来,他从南方带回一个女孩,这个女孩就是婕儿的娘。

她留着一头乌黑亮丽的长发,大眼睛忽闪忽闪眨着,比夜空的星星还美,皮肤白皙,好像童话里的白雪公主。

南方女孩真美!大家赞叹着,打量着这个外来妹,好像看到仙女一样。

没过多久,大家发现她有智力障碍,每天自言自语,说一口别人听不懂的家乡话。此外,她还经常无缘无故发脾气,见人就骂,伸手就打。

怕伤到别人,婕儿爹就把她关在房间不让出门,并留下一天的食物。婕儿娘想出却出不去,就拼命撞门。

那时,我家就在她家隔壁,经常听到她的哀号。

没过多久,她怀孕了,生下了婕儿。后来,她又生下婕儿的妹妹。也许是做了母亲,也许是习惯了这里的生活,她的性格变得温顺起来,见了人会点头微笑,看到别人吃力地拉车,她会上前帮着推一把。但是头脑依然不好使，至今也没有学会当地话。沟通时，别人听不懂，她就用手来来回回比画着，急得团团转。

小村闲话多，她常常是人们茶余饭后的谈资。有人说，她原本是不傻的，只不过少年离家时受了刺激，导致精神失常。

也有人说，她先天就有精神病，婕儿爹娶她是为了传宗接代。我在旁边静静听着。幼小的我不懂大人的世界，但是我想，婕儿娘肯定是很想家的。

她经常把洗衣粉当盐巴放进炒菜锅里，衣服至今也没有学会洗，还经常把院子里的猪放跑……

于是，她经常挨打。婕儿爹干活儿回家，看到她的"杰作"，往往会痛打她一顿，这时她会大声叫喊"娘啊……"，一声声，一句句，凄惨又绝望。

这是她唯一会说的当地话。大家都说婕儿爹下手太狠，但没有人去插手他的家务事。

婕儿和妹妹出生后，婕儿娘就很少挨打了。有一次婕儿爹要打婕儿娘，被婕儿拦住了。婕儿倔强地站在那里，昂首挺胸，一副大义凛然的样子。她斩钉截铁地对爹说，不许你打娘！

看着美丽聪明的女儿，婕儿爹的心总会软下来。渐渐地，他不再打婕儿娘，还学会了呵护她。

婕儿娘的气色一天天变好了，干瘪的身材也圆润了。有一次，婕儿爹还给她买了一瓶桂花味的香水，帮她梳了光溜溜的大辫子。打扮后的婕儿娘真美，说她是村里的一朵花也不过分。

婕儿长得酷似她娘，但是比她娘聪明温柔，眉眼都是风情。她高中毕业没考上大学，赋闲在家。当其他同龄女孩家的门槛快被媒婆踏破时，婕儿家冷冷清清。

因为有一个疯娘，家庭条件不好，媒婆不愿意上门说媒。

婕儿娘似乎察觉到了这一点，爱女心切的她开始跟每个过往的行人热情打招呼，开始学习当地话，经常去田里帮助邻居收割玉米、插秧……渐渐地，大家发现婕儿娘并不傻，甚至可以说是很聪明。不仅如此，她还漂亮，身材高大，干起农活儿来速度很快。

日子长了，大家开始数起婕儿娘的种种好处来。

看到妻子的变化，婕儿爹的脸上荡漾着笑容。

那年大雪初霁，有人来给婕儿提亲。对方是一个家境殷实的小伙儿，祖上有田数亩，镇上有门面房。媒婆眉飞色舞地介绍，婕儿娘喜上眉梢。

出嫁这天，天朗气清，喜鹊飞上枝头，到处喜气洋洋。婕儿娘忙里忙外，招待宾客。那时都是在院子里摆酒席，旁边支两口大大的锅，一口锅用来炒菜，一口锅用来炸甜品。

接亲的轿子还没来，婕儿的肚子已经饿得咕咕叫。她脱下嫁衣，走到锅边，想跟厨师讨点东西吃。没想到柴火太旺，锅里的油被烧着了，顿时火光一片，婕儿还没反应过来就已经被娘推出几米远。娘的左脸却被烧伤，她像一只可怜的小猫那样痛苦地呻吟着，从此左脸留下了巴掌大的疤痕。

那次婚礼婕儿永生难忘。每到结婚纪念日，婕儿都会想起娘。为了她，娘脸上留下了抹不去的印记。婕儿娘却不在意，她总是安慰婕儿说，娘老了，不在意外表，只要你的脸没事就好。

每当此时，婕儿会轻轻抚摸娘的疤痕，她觉得它一点儿也不丑，而是像梅花烙那样好看。

村里人都说，婕儿娘看起来傻傻的，其实人真不傻哩，看看她对闺女多好！

爱在夕阳下

周末,在家忙了半天,下午终于有时间出去透透气。

江南的浅冬,依旧暖意融融,燕子来去,绿水人家绕,芦苇荡东风,垂柳扭动着柔软的腰肢,夕阳的余晖轻洒着柔情,万事万物醉意朦胧。

真美!我的嘴角微微上扬,心跟着敞亮起来。河堤大路旁,一对老夫妻说说笑笑走来。老爷爷轻松拎两个大袋子,脚步轻健,丝毫没有疲惫之意。老奶奶小鸟依人地跟在他旁边,给人一种"你去哪儿,我就跟你到哪儿"的幸福感。

看样子他们刚买完东西回来,因为老爷爷手上的袋子,一个外面印着"康硕大药房"几个字,另一个里面是新鲜的蔬菜。

他把所有的东西都拎在手上,还陪着老奶奶散步,丝毫不觉得累。老奶奶虽然头发花白,脸上却没有衰老之态,洋溢着满满的幸福。她像一个小孩子,一边走一边开心地转个圈儿,脚步轻盈,像一只迎风起舞的蝴蝶。绿丝巾搭在胸前,尽显妩媚。

看着他们甜蜜的样子,我竟然"扑哧"一声笑出来。难怪有人说,要找一个"养"你的男人过一生。这里的"养"，是滋养的意思。老爷爷就是因为爱老奶奶，才把她宠成了一个小女孩儿，她才可以肆无忌惮地哭和笑。

这位老奶奶就住我们小区，丈夫早早去了，子女都已成家立业。去年身体不舒服，检查出来有病，要马上手术。她听了之后差点儿晕倒，在床上躺了一天一夜，几次寻死，都被救了过来。

在儿女的反复劝说下，她才愿意动手术。

没有人会明白一个老人晚年患病时的孤苦绝望。亲人不再需要她，老伴撒手人寰，世界是热闹的，她却是孤单的。

老爷爷是她邻居，妻子早年去世，习惯了一个人生活，从来没有想过再婚。得知老奶奶生病后，作为义工的他经常去探望，鼓励她振作起来，时间长了两人之间竟然产生了爱情。

在绝境中有人帮扶，就像溺水时有人伸出双手，她看到了一线生机。

老奶奶不是那种脆弱的人，早年她挺过去无数风霜雨雪，晚年她却挺不过疾病的缠绕和孤独。老爷爷，就像她的骑士，前来搭救她的性命。

爱情，可以使人复活。

在双方儿女的支持下，他们结了婚，成了相濡以沫的夫妻。婚后老奶奶身体恢复很快。

她常常对人说，本来以为下半生生活无望了，是老章给了她活下去的勇气。现在他们的生活很甜蜜，上街都是手拉着手，他们的恩爱今天的年轻人都没几个能做到。

从前我只是听说过他们的故事，现在亲眼看到，顿感他们的婚姻是天作之合。爱情是亘古不变的主题，每个人都需要爱与被爱。

我的思绪被老奶奶的歌声打断，她停下脚步，迎着夕阳，迎着风，在湖边做了一个白鹤亮翅的姿势，继而跳起了舞。阳光在她脸上跳跃，她的表情愉悦又安详。

老爷爷站在她后面，放下手中所有的东西，慌忙掏出手机拍下她翩翩起舞的瞬间。两个人，一个动，一个静，一个认真，一个专注。老爷爷屏住呼吸，生怕呼吸稍微用力一些，就会打扰到她。

　　在后面观看的我则赶忙拿起手机，拍下他们相爱的瞬间。

　　也许在很多人的眼中，老人有着沧桑疲惫的脸、花白的头发和喋喋不休的家事。其实不是的。

　　夕阳，也有它的美。人生任何一个阶段，都有它的美丽。

有爱的余生最温暖

他是我以前的房东。前不久,他带着两个孙子过马路,闯了红灯,被一辆车撞倒,再也没有醒来。奇怪得很,他的两个孙子都安然无恙,车就偏偏撞向他。我老公开车路过,恰好看到这一幕。

自从他家的房子拆迁,我们搬到很远的小区,彼此再也没有见过面。我再三问老公,你真的亲眼看到了?老公说是的。

这一切真的是冥冥中注定的吗?

如果是,那他的命,真是够苦的。

他唯一的儿子有点智力障碍,反应比别人慢很多,经常遭到同学和邻居的嘲笑、欺负。

初三那年暑假,他儿子和同学一起出去玩,和社会上的人起了冲突,双方打了起来。其中一个同学把对方打成重伤。所有人都吓坏了,一溜烟全跑了,只有他儿子吓得呆在那里一动不动。

警察来了,问了经过,把他儿子带到警局审问。所有的矛头都指向他儿子。那帮同学其实都有参与,为了脱罪,栽赃到他儿子头上。

他儿子反应慢，除了傻笑，还像个犯错的小学生一样，承认了错误。他觉得他儿子是个好孩子。

但他没想到后果这么严重！他儿子被判了刑。房东的头发一下子全白了，原本就冷清的家庭，显得更加颓废。

他们夫妻二人就这样静静地等，慢慢地熬，熬过了一年又一年。

每天，女房东都会把庭院打扫干净，把家具擦拭干净，然后去上班，像儿子在家时一样。她要努力工作，给儿子攒很多钱，等他回家了，这家，还是原来那个温馨的家，他还能像以前一样衣食无忧。

有一天，房东家张灯结彩。他一大早出去买了很多菜，还花一万元买了一幅巨大的苏绣挂在客厅，上面的红色牡丹开满园，栩栩如生。虽然是冬天，可我感觉好像春天已经来了。大家都议论纷纷，不知道房东家有什么喜事。

中午，一辆轿车停在门口，里面走出一位白净瘦高的男子。他长得不错，天庭饱满，地阁方圆，不开口说话，别人会以为他是个富二代。他满面春风，一脸平和，看起来很面善。

其实，他是房东的儿子，今天出狱。虽服刑数年，但他身上没有戾气，也没有我想象的死气沉沉，反而充满朝气。毕竟，他才二十八岁。

他笑着跟别人打招呼。有人问话，他要想很久才能回答，有时还前言不搭后语。有人说，可惜了，这么帅气的一个小伙子，智商有点儿差呀。

自从他回来，房东每天都在家，也不出去工作了。他们家好像每天都有客人来，人来人往好不热闹。后来才知道，房东在托媒人给儿子说亲。

最终，他帮儿子挑了一个安徽女孩。那女孩比儿子小八岁，上面有六个姐姐，家里很穷，但想过好生活，因此就答应了这桩婚事。

婚事办得很快，时间也过得很快，到了来年，房东就抱了孙子。

本以为，房东从此过上幸福的生活，没想到却遭遇意外撒手人寰。

房东对我们极好,平时种的菜、单位发的水果,都会分给租客的小孩儿。谁家有困难,只要开口,不是太过分,他都会帮忙。

　　他的邻居,因为早年的恩怨,经常对他指桑骂槐,他也不理不睬。我问他,他骂你,你怎么不骂回去呢?不生气吗?

　　他说,那人就那样,我不和他计较,免得自己找不开心。

　　回忆往事,感慨万千。生命无常,但余生有儿子陪伴,足矣。

第六辑　浅夏花开时

"草堂春睡足,窗外日迟迟。"天很暖,风很轻,云很淡。几天之间,玉兰开了,或莹莹白白,或胭脂绯红,在枝丫间清香自在。红叶李花骨朵儿悄然萌动,酝酿着一场花开满枝的盛宴。春阳高照,光影之下,三角梅花枝微颤,娇艳可人。

苏州，听听那冷雨

傍晚，一场雨飘然而至，缠缠绵绵，温温柔柔，带着花和草的清香，轻轻洒于屋顶，滴落瓦檐，清脆如玉佩叮当，敲碎了夜的寂寞。

树苍绿，云低垂，春雨斜斜，雷声阵阵，淹没了喧嚣，洗去了铅华，万物瞬间清明干净。

江南的春天，天暖和得早，雨隔三岔五造访，略微带凉却没有凌厉的寒意。落雨轻轻，温柔体贴，没有一点儿脾气，下一会儿停一会儿，好让人们及时找地方躲避。

因为雨，从此我爱上了苏州。

苏州有好山好水，有古旧建筑和花海，有数不尽的明清街道、唐时丝绸、吴越珍珠。当宋时记忆遇到明清烟雨，有一种恰到好处的美。

春雷也寂寞，疏疏朗朗几声后，便逃遁得无影无踪。雨成了夜的主角，花痴迷，草痴迷，泥土痴迷，我也痴迷。

我痴迷这样纯粹的雨，不染纤尘，润物无声。花儿染了雨，更加芬芳；草儿染了雨，青青翠翠；心染了雨，清澈透明。万千心事，浩荡风云，尽付烟雨中。

雨越繁密，心里越安宁。茶香袅袅，丝竹声声，阳台的绿肥红瘦自暖自香。窗外雨潺潺，夜色阑珊，仅听声，就有一种极致的古典美，让人尘嚣顿忘，烦恼自消。

戴望舒说："我夜坐听风，昼眠听雨，悟得月如何缺，天如何老。"可见诗人也爱雨。夜卧听雨，半世浮生，一些纠结的往事放下了，解不开的心结也释然了。无丝竹之乱耳，无案牍之劳形，彻底放松心情。

古人有九雅，听雨是其中一雅。"看山看水独坐，听风听雨高眠。客去客来日日，花开花落年年"。

在古时，有了雨，就有了休闲的理由。不能外出，万千琐事都要放下。安静一隅，看雨，思雨，念雨。雨中喝茶，读书，闲坐，将喧嚣搁置门外，留下安静的心绪，消磨时光也是一大雅事。

烦恼的时候，遇一场雨，马上就通透了。

海子说："雨是一生错过，雨是悲欢离合。"自古雨总与忧伤联系在一起，实则不然。雨天是潮湿的，心却是沉静的。能够檐下听雨，且听风吟，是一种清福。若心澄澈，雨天也能风情万种。

少年时我并不爱雨，因为路泥泞且滑。放学后，雨突如其来，我一手遮雨，一手护着书包疾走。回到家，身上已经湿漉漉的了。春天的雨，有点儿急，有点儿寒凉，我体质不好，每次淋雨都会生病。

我喜欢雨，是从中学开始的。学校规定必须早起锻炼，如果碰上雨天，就不必晨跑。

于是下雨成了期盼，这样就可以听着雨声滴答，慵懒地睡到天亮。

此后多年，我一直都喜欢雨，特别是下得不大不小的雨，滴滴答答零零散散。这样就可以听雨韵袅袅，直到破晓。

周作人在《北京的茶食》中写道："我们看夕阳，看秋河，看花，听雨，闻香，喝不求解渴的酒，吃不求饱的点心，都是生活上必要的——虽然是无用的装点，而且是愈精练愈好。"

　　雨是文人雅士的最爱。"何当共剪西窗烛，却话巴山夜雨时。"李商隐听雨听的是思念。

　　"而今听雨僧庐下。鬓已星星也。悲欢离合总无情。一任阶前、点滴到天明。"蒋捷听雨听的是感叹。

　　李清照晚年听雨，听的是惆怅。

　　听雨，听的是一种心声、一些回忆和无法言说的故事。

　　少年听雨，听声。中年听雨，听心。什么心境，就听什么样的雨。

　　雨是一个有诗意的字，干净，清脆，浪漫，意境幽远。

　　喜欢落雨滴答，容我安静，容我喜乐，容我自由，把我心间的雨水滤得干干净净。

人生最好的境界：花未全开月未圆

今天读到一首诗：

　　花未全开月未圆，寻花待月思依然。

　　明知花月无情物，若使多情更可怜。

短短几句，却充满禅意。

有人说，人生最好的境界是：花未全开月未圆。

我说，世间万象，莫不如此。凡事不必苛求圆满，永远都在追梦路上，心怀滚烫的期待，一路纵歌，看岁月山河。

四月芳菲将尽，赏花更需趁早。

花开满枝，雪白、粉红、浅紫、亮黄……或淡，或浓，袅袅娜娜，团簇在清瘦的枝上，玉质凝香。

此时，春色已盛放到了极致，姹紫嫣红，分外妖娆，如诗如画。

然而，待到春深处，便是凋零时。耽搁几天，稍不留神，花就不声不响地落了，只余一缕幽香。花事纷扰后，便如过客，淡出红尘。

相比之下，我更喜欢初春的模样。风追逐树芽，小草刚刚冒头儿，竹子嫩绿，枣树萌动，桃花羞涩地藏在花苞里。

候鸟抖掉了身上的旧羽毛，花朵沾着阳光，一枝一枝的春意，在欣欣向荣地生长。

初春是充满禅机的季节。草木之心有所期待，花事正奔赴盛大的彼岸。天不寒，夜不暗，心温暖，这里有着最干净的快乐，最迷人的风雅。

未到极致，静待花开，便是人间最好。

世人觉得，完美是一种境界，圆满是一种追求，却不知，天道有轮回，月有阴晴圆缺，最美时光转瞬即逝，快乐乍现后，便如花凋零。

曾国藩很早就明白这个道理，所以他给自己的书房取名"求阙厅"。"阙"即"缺"——花未全开月未圆，好事不去占尽，福不去享尽，给人生留一点儿缺憾，留一点儿白。

正是因为他求"缺"的处世哲学，不争功不抢功，所以他身居高位依然能稳如泰山。

莫言说："世界上的事情，最忌讳的就是个十全十美，你看那天上的月亮，一旦圆满了，马上就要亏厌；树上的果子，一旦熟透了，马上就要坠落。凡事总要稍留欠缺，才能持恒。"

三国时的青年才俊杨修，满腹才华，聪明博雅，因此得到曹操赏识。但他太过机敏，多次准确揣测到曹操意图，曹操恼羞成怒，将他杀害。

杨修本有大好前途，却处处锋芒毕露，最终在事业巅峰以悲剧收尾。

脆弱是生命的特质。有时候，世俗的成功、圆满的人生，会让人退去敬畏之心，滋生骄奢，淡漠众生。太过得意，到最后总是那么不堪一击。

浮世匆匆，每个人都在寻找圆满的爱情。

张爱玲渴望被胡兰成读懂，却没有遇到春天般的人，最后成了开在尘埃里的花。

伤痕累累之后，她说："生在这世上，没有一样感情不是千疮百孔的。"

初见时的心动，相识时的欣赏，相恋时的甜蜜，都成了离去的风景。最开始时，胡兰成被张爱玲的文字惊艳。他像一个猎人，迫不及待地想获得猎物。

张爱玲不予理会，他便千方百计打听她的住址，通过纸条传情。

最后她还是没有守住自己的城，缴械投降。

张爱玲对胡兰成说：因为懂得，所以慈悲。

胡兰成回赠：因为相知，所以懂得。

此时，人生圆满，岁月丰盛。

然而，这段爱情并没有渡过柴米油盐的劫，成了一个月圆月缺的故事。中了爱的蛊，就要承受孤独的结局。爱得太深，最后反而变成了陌生人。

最好的爱情是：花未开，月未圆，友达之上，恋人未满。暗香浮动，徐徐付出。不相疏，不相离，淡淡相守，就是真的美满了。

人生没有十全十美，更不会事事顺心，花好月圆。所以不必执着，学会放下，学会接受，时常清空疲惫，修一颗欢喜心。

有健康的身体、养心的小爱好、固定的收入，做着喜欢的事情，爱着喜欢的人，就是最大的圆满与快乐。

梨花落后清明

三月，短暂而匆忙地过去，迎来了四月荼蘼，春日更加熠熠生辉。

进入四月，便开始有所期盼，一盼花开春暖，吹开冷却一冬的心；二盼清明假期，可以吃上心心念念的清明果。

清明，喜欢这个带着水汽的词，充满古意又明朗，音节好听，读完之后，心中沉积的郁郁之气也消失殆尽。

"燕子来时新社，梨花落后清明。"清明有着珍贵的时令气息，这一天似乎是一个分水岭，把人们从料峭的春寒带到了春暖，从此各种花草轮番登场，榆钱，槐花，香飘十里万人迷。

清明真好，每年春天，把色彩斑斓再刷一遍。年年岁岁花相似，周而复始，却并非简单重复。因为花木一直在向下扎根，向上生长，每过一年，就粗壮一轮，其枝愈粗，其花也愈香。

花木尚且知道汲取营养充实自己，随着年龄的增长，我们更应该拓阔胸襟，增加内涵。大自然有它的精明之处，看似简单的花开花落，四季轮回，却蕴含哲理。不是吗？

看到有关清明的一句释义：清生命之惑，明生活之理。如醍醐灌顶。

苏轼说，人生如逆旅，我亦是行人。你我都是匆匆过客，万千繁华，不过云烟。所以应豁达处世，得之，我幸，不得，我命。无论生活如何揉捏你，都要坚定好好生活的信念和决心。

逝者已矣，生者如斯。这一天，无论多忙，请为逝去的故人添一把黄土，聊寄一份哀思。过好生活，才能让他们在另一方世界安宁。

从古至今，有很多有关清明的诗词。

清代郑永禧曾诗云："垂杨旖旎傍门开，时向风前舞一回。黄犬也知春色好，套圈细柳尾摇来。"

清代《岁时百问》里写道："万物生长此时，皆清洁而明净，故谓之清明。"

清明是为春天而来，它将蓬勃的生机暗自酝酿。

从这一天起，阴气衰退，阳气生发，万物吐故纳新，天地明净清和。在古代，清规戒律严明，大户人家的女儿久居深闺，不能轻易外出，只有到了清明这一天，才能穿上漂亮的衣衫，踏春出游。如若碰到喜欢的男子，便可芳心暗许，眉目传情以示爱意。如果男子也有意，就会请人上门提亲。

《诗经》中就有关于清明的描写。在战国时期的郑国，春和景明，桃红柳绿，青年男女在溱水和洧水河畔踏春嬉戏、互赠香草。可见，清明是古时男女交往的好时机。

"春风如贵客，一到便繁华。来扫千山雪，归留万国花。"清明不仅有深绿浅绿，还有新雨洗春天。每年这天，像是约定俗成的，多少会有点雨，出门一般无须打伞，空气湿润而不冷。雨中的春天更加诗意朦胧，恍若太虚幻境。

徜徉在温柔的风里，脚步越来越轻盈，心越来越敞亮，眼前越来越美好。桃花红，樱花粉，梨花白，菜花黄。绿树新芽，青石板巷，流水人家，江南的春意盈盈而出。

今人的清明节，活动虽没有古时盛大，却也隆重。扫墓祭祖，折柳插柳，踏春出游，炸馓子，蒸青团……

早在半月前，清明节的食品就已上市，青团、清明螺、新笋……大小超市的货架都摆满了。每个清明节，似乎总在商家的促销中提前到来。节日本身有它的仪式感，而商家赋予了它隆重感。如果没有这些节日，生活定会失去很多仪式感和期盼。

人的一生，不就是在寻常的生活中重复简单的快乐，发掘生活的小确幸吗？

清明就是把一冬的浊气和慵懒统统丢掉，赋予生活理想，让青春更潇洒。

愿花好月圆，人间平安

阳春三月，春已如约而至。清新的风，吹绿了乱柳，吹来了花开的声音。春风拂在脸上，美醉在眼里。小河边枝条萌动，田野花香弥漫，山坡被绿色浸染，春景斑斓，染了一身香气，让人心旷神怡。

不讨喜的二月，总算过去，大地回暖，万物生长，一切都生机勃勃。无论是痛苦还是失落，日子总要过，总要忘记隔阂，总要向着美好而过。

生命是如此强大，无论遭受怎样的磨难，都能柳暗花明，温润如初。冬天夺走的一切，春天都会还你。春风会吹走所有的不愉快，胜利的信心在阳光下闪闪发光。

感恩时光，让我学会勇于面对生命的无常，学会在苦难面前微笑和坚强，学会用心等待每一个花开的日子。

阳光暖暖，蓝天湛湛，一切的阴霾，终将过去。

病毒挡住了许多出口，却挡不住春天的到来。阳台上花儿不怕感染，开得芬芳馥郁。小鸟不惧生人，总飞进来寻食，于是就放了些米粒，希望它们以后常来。

困居的日子寡淡无味，智享生活的小乐趣，相信美好的事物也会接踵而至。

闭关在家的日子真的需要一些真实的东西来支撑内心。找一曲悠扬的音乐随心听，诉说生活的小确幸；把感恩写在纸笺，享受这寻常烟火的日好静安；追一部年代久远的电视剧，给闲逸的心一个归处；每日忙碌一菜一蔬，侍弄一花一草，给自己找一个理由，开心地活着。

一天天就这样安静度过，除了必要的下楼，几乎不在外面逗留。

阴霾之下，再胆大的人也会觉得惊惧。庆幸的是，生活在心中勾勒无数次的江南，我过得还算安稳，不为琐事操心烦恼，亦不为邪恶的病毒抑郁惊扰，生活依旧充满阳光、温暖和爱。

能安顿身心，好好吃饭，喝茶，读书，追剧，真是一种清福。做人要懂得惜福，平安活着，简单爱着，便是最好的幸福。

渐渐地，习惯了这种躲在蚌壳的日子。岁月漫长，值得等待，学会与时间和解，与自己温柔精致地相处。

人生，最正确的姿态是把自己还给自己。生活，不是只有苟且，还有诗和远方。让自己放松些，与大自然连在一起，用心感知春天的气息。

"草堂春睡足，窗外日迟迟。"天很暖，风很轻，云很淡。几天之间，玉兰开了，或莹莹白白，或胭脂绯红，在枝丫间清香自在。红叶李花骨朵儿悄然萌动，酝酿着一场花开满枝的盛宴。春阳高照，光影之下，三角梅花枝微颤，娇艳可人。

茶花开了，油菜花开了，海棠也花开满枝。春风似剪刀，裁出春色几许。抬头看暖阳，低头嗅花香，看花枝微颤，我心轻扬。

没有了花儿，就没有缤纷的颜色；没有了鸟儿，春天就多了份寂寞。听着鸟儿的欢叫，心情也跟着好起来。我很欣赏它们的生活姿态，优雅从容，不慌不忙，兀自生活，静静享受大自然的美妙，然后看着人间匆匆。

一个人在小区闲走，总能嗅到一阵若有若无的清香，似香樟香，像梅花香，又像兰花香，抬眼观望，并未找到源头。或许，是另外一种叫不出名字的小野花散发的芬芳吧。

在风中越走越轻松，越走越自在。"万绿丛中朵朵香，悦心只要一两枝。"春天如此色彩斑斓，我静而观之，静而思之，试着让自己去发现一点一滴的美好，不辜负每一场花开，善待每一寸清风朗月。

林清玄说：我们增长自己的智慧，是为了自己开一朵花；我们奉献自己的心，是为世界开一朵花。

于喧嚣之外寻一处角落，在心里开一朵智慧之花。热爱生活，珍惜拥有，为他人开一朵善暖之花，这样人生才会永远拥有美好的春天。

春满枝头，回暖可期。最近公园开始陆续解封，企业开始复工，但街上依然少有行人。

希望不久之后，又可以走在熙攘的街头，在蓝天白云包裹的街角，与久别的故人重逢，给彼此一个温暖的拥抱。

可以在熟悉的老店，静心怡然，饮一杯香茗。期待所到之处，人来人往，车水马龙，目光所及皆是喧嚣与繁华。愿生活随意而洒脱，我们又活得热气腾腾。

我们无须铭记过去的岁月，现在拥有的，就是最好的生活。平安活着，简单爱着，春风温柔，山水诗意，一草一木都是我喜爱的模样。

让我们拨开云雾，等绿蓬勃，等万物生，拥抱健康、生机、绿茵、希望。愿花好月圆，人间平安。

初夏浅年华

刚入五月,就骄阳似火,如盛夏般的热浪袭来,人们有点儿猝不及防,纷纷穿上了夏装。

回到老家第一天,我就被阳光拉扯得晕头转向,只在早晚出门,中午在房间消遣。

这几天,基本日日晴好。新夏初满庭,阳光明媚得睁不开眼,透过玻璃门,照得房间亮堂堂。

小小四合院,干净、宽敞。

一群小鸡挤破了头抢食,时而叽叽叽,时而发出尖锐的叫声。

一条大黄狗慵懒地躲在树荫下看着这一切。

从早到晚,花香游荡,鸟声婉转。

天际偶尔划过飞机,远处时而传来火车鸣笛声。

门前不时有汽车驶过,对面的油菜长势喜人,弱枝结了沉甸甸的果实。马路边的小坑,开满了细碎的小野花。

此时,此景,竟如入桃源。

一上午也没几个行人，小村安静空旷，一切如旧，只是少了些尘烟袅袅。时光打马而过，青山绿水，再也留不住年轻人躁动不安的心。周遭人家陆续搬离，曾经的繁华庭院败落，乱草丛生。

正如《牡丹亭》里唱的那样："良辰美景奈何天，赏心乐事谁家院！"

喧嚣一时，繁华一时，在时间的亘古里，没有永恒。

不远处，有一年轻男子，长相不俗，颓废地坐在门前草堆上，衣衫褴褛，目光呆滞。旁边的花甲老人有一句没一句地搭着话。

据说，男子从前较为富有，在一次车祸中，撞坏了脑子，变得神志不清。

妻子跟人私奔，儿子寄人篱下，他则只有老母相陪。购买的豪宅被瓜分，儿时的老宅成了安身之处。

他的人生如此大起大落，实在令人唏嘘。

每次回老家，都能听到一些或多或少的故事。听完之后，更感觉人生无常，一切执着均可放下，更不必为无关紧要的人和事伤脑筋。

风拂过衣角，心里多了些温软。我在院中静默，看时间落荒而逃，看青春退场，看光阴的故事凌乱在风中。

我仿佛回到了儿时的夏天，简单、纯粹，绿茵遍地，蝉鸣悠然。小小世界，只剩蓝天、白云、三餐、四季。

人们总是怀念逝去的岁月、过去的光阴，却还是义无反顾，勇往直前。

无论过去还是现在，都是生活，都是幸福，只是换了时空。

有时候，真想回归田园，采菊东篱，还做那个夏日寻悠、打捞浮萍的小姑娘，不谙世事，不问情仇，过隐逸的生活。

以前的愿望是走出小村，去喜欢的地方圆梦，安稳度日。人情练达后，心中反而平淡几许。

这些年，多少经历一些风雨，见过一些世事人心，更加明白生活的真谛。特别是每次回来，看到村里老人相继离开，更感叹生命之短，万事无常。

不知不觉,从前的小丫头,褪去了俏皮,变得沉稳内敛。没有年龄支撑,再也找不到矫情的理由。一切的好与不好都得接着,否则别人会觉得你不懂事,只长年龄不长智慧。

世界万物从未改变,变的是我们的心态。只要内心丰盈,到哪儿都一样是生活。

现在,我爱上生活原来的模样——简单、纯粹、温良、原味。放下沉疴,在初夏浅浅年华里,让青山绿水常在。

摇落岁时秋

  立秋过后,日头一天比一天短。阳光时而热烈,时而和煦,到了今日,终究抵不过秋的汹涌,开始远去了。

  早晚的寒凉告诉我,秋来了,带着一身冷露。

  一直偏爱秋天的光景,安静淡远。即使是白天,傍在草丛里的秋虫也不安分,时不时传来唧唧声,抒情怡然,声声亦婉。

  飞鸟附和着,一起打开秋日的心扉。长空灰白,天阴秋风疾,槐树叶在空中翻飞,栾树的花也是边开边落,地上堆了一层浅浅的黄花,悠然如歌。

  这个寂静的秋,于是变得有声有色。

  每次路过这些草木,都觉得它们已住在心里,从此心里长出云白风清,长出蒹葭苍苍,长出关关雎鸠。

  从此我像植物一样呼吸,有着草木一般的气息,与天地融为一体。从此布衣长发,竹杖芒鞋,与云烟相依,沾染一身淡然。

  秋风写意,温良舒适。时间尚早,少有人语,也无人扰。闲来读书一两页，清润双目，久坐半日竟不知疲倦。

　　一天之中总有一些空白时光是留给自己的，像国画里的留白，素净而幽远。

　　这一刻，放下了柴米油盐，放下了尔虞我诈，身体变得很空很空，像风中的竹，轻轻摇曳。

　　夏秋交替，雨一日，晴一日，冷瑟瑟。几番流转，秋便深了。

　　树影日渐消瘦，几片透黄的叶子，脉络分明，倏尔，落下。

　　秋风飒飒，花儿多情。这是个矛盾的季节，多了果实的香甜，却又有落叶的凄美。

　　看着落叶完成使命，不舍地飘落。

　　岁月多好啊，风也温柔，云也快乐，谱写着秋日的华章。

　　行走于秋日的阳光下，温暖得想要触摸这段美好时光。一份恬淡的情怀，一颗安然向暖的心，几行清瘦的文字，穿过了季节的凉薄，氤氲出简单而优雅的人生。

　　一直贪恋，林间小径的清幽与蜿蜒。沿着一路旖旎，在风起时，醉在无边秋色里。

　　携一段时光，与阳光对视。仰望，微笑于心，暂时放下心中的万千琐事，放下矜持，放下断章残词，将自己置身事外，放肆地拥抱这秋色，伸手触摸阳光、空气、风……

　　一个人安静地漫步，让心依着凉凉的风，看时光清清浅浅划过肩头，看盈盈碧水间，那抹葱茏的明媚。

　　最喜欢这样的光阴，不急，不躁，不紧，不慢。喜欢秋日的阳光洒在身上，很轻很轻，有一种舒适的暖。

　　喜欢这时光里的宁静，如在古刹幽涧，充满空灵的禅意。

　　喜欢秋天的温婉，它像一个静坐如茶的女子，端然，遗世。坐在凉风吹来的窗前，泡一壶茶，安静落座，不去想，那日日劳碌的辛苦，不去理会成败与是非。

我只想做一个平淡的人,关上小院的门,避开车马喧嚣,在心中修篱种菊,幽山问茶,古道寻禅,让诗意在心中疯长。

风来,有叶片摆动的声响,簌簌的,诉说着季节的清欢。风去,温凉舒适,袅绕着诗意情长。

曾读过这样一段文字:"一杯酒,半是糊涂,半是清醒。一抹笑,半是凄楚,半是无恙。一转身,半是潇洒,半是无奈。"

或许人生就如此般,很难称心;生活,很难如意。烟火之内,谁能免俗?不如用心享受每个秋晨与日暮,把阳光和花种在心上,任清风游走在岁月里。

第七辑　心是莲花开

人生如水车，不曾停歇，在时光里无声无息地老去。所有的经历都会变成故事。年少时不会思考，现在才明白，最值得纪念的事情都发生在昔日岁月。

人生如水车，须逆流而上

那天逛古镇，看到一轮水车作为装饰，矗立在路旁，充满浪漫风情，又有一种质朴的美，瞬间把人们带到水车轻摇，暮归唱晚的旧时光。

水车，乡间的灌溉工具，是劳动人民的智慧结晶，也是中国农耕文化的重要组成部分。如今它已退出农田，但之前，水车可是珍贵又实用的农具。

它工作的时候，一半在水里，一半在外面，逆流翻转，如风车，如岁月，一页页、一年年翻过。又如人生，车轮滚滚，车水淙淙，逆水而上。

《水车转啊转》是苏州作家蒋坤元的又一本代表作，作者以水车做书名，寓意人生如水车，车轮不闲，把川流不息的生活引向高处。

与《四十才是青春》这本创业史不同，它是一本回忆录，讲述了大时代背景下作者与亲人们的生活，以及温情往事。

着笔细微，笔调温暖，充满正能量。那些亲人之爱、邻里之情、家国情怀，跃然纸上。

全书分为三辑，父亲老蒋的故事占了三分之一，足足一百三十九页，可见父亲在作者心中的位置多么重要。

蒋坤元祖祖辈辈都生活在苏州渭塘骑河村。追溯起来，他的祖上原是地主，因小人嫉妒陷害飞来横祸而败落。

蒋坤元的祖父叫蒋慎伯，父亲叫蒋荣根。祖父不识一字，八岁就给地主家做长工，吃尽苦头。他看重文化，所以就让识字的人给刚出生的儿子取了一个好听的名字：蒋荣根，寓意光宗耀祖。

好名字带来好运气，成年后的蒋荣根斯文儒雅，无论处世还是工作都很出色，很快脱颖而出，成为骑河村团支部书记。

上任后的蒋荣根敢为人先，遇到困难总是冲在最前面。他胸怀坦荡，付出最多，却从来不计回报，总是"吃亏"。

在1959年的插秧时节，渭塘公社党委的朱书记要来视察。大队书记觉得他很难对付，就让蒋荣根接待。

蒋荣根并不觉得这是个苦差事，反而觉得这位党委书记和善好相处。

他领着书记来到田间，这时大家都在忙碌着。朱书记脱掉鞋子下到田里干活儿，蒋荣根也卷起裤脚下了田，两人跟在一群妇女后面插秧。

他们在田里干了一个多小时。大家看到两位干部都下田了，也都来了精神，纷纷加快速度。

那一天，他们比平时多插了三亩的秧。

第二天，蒋荣根便召集生产队队长开会，以朱书记插秧为例，教育大家不要忘记劳动人民的本色。

这种趁热打铁的现场教育效果很理想。

还有一次，一位退伍老兵复员回乡，老宅已坍塌，没地方可住。蒋荣根先安排他住在小店旁边的空房子，后又给他申请砖、木梁、石灰等材料，帮他建了两间平房。

退伍老兵保家卫国，如今解甲归田，理应有安居之所。蒋荣根这一举动，暖了人心，也给其他干部做了很好的榜样。

从这一辑的故事里，我读到了一个热爱劳动、爱护家人、尊重女性、有襟怀、有担当、有智慧的蒋荣根。

这一辑文风古朴自然，读来清新。读完才知道，蒋坤元老师能成为作家、企业家，又培养出优秀的儿子，是有迹可循的。祖上庇荫，良好的基因、家风传承，才有了今天家族的繁荣。

第二辑主要讲述了作者儿时的故事。

《祖父的草鞋》《拉石磨》《花生香》《水车转啊转》……仅听名字，就能感受到浓浓的乡土气息。

我仿佛看到了几十年前渭塘的乡村风光：半入水面的歪脖子树，一片油菜田，摇头晃脑吃草的小毛驴，苦楝树下打盹儿的老爷爷，水车旁边玩耍的孩童……

一棵树，一条路，几个人，一段生活，一段回忆。

第三辑"吴歌情意"，主要讲述作者儿时在江南的生活。

其中有一篇名为"卖余粮的故事"，令人印象深刻。苏州河网密布，运粮的工具主要是船只。作者坐在船上，两只小脚丫扑腾着水面，溅起一朵朵水花。船上的余粮是要交到粮管所的，装了满满三只水泥船。

那时的邻里关系不像现在这般淡漠，人们都是集体出行。在天朗气清的日子里，十几个男人来来往往，忙忙碌碌。卖完余粮，就买些肉和菜，大家一起吃喝，好不热闹。

文里描述的渭塘粮管所是这样的：依水而建，圆圆的粮仓就像蒙古包，古朴又神秘。

沿岸泊了许多船只，都在等着工作人员检测稻谷是否合格。

这和我家乡那边交公粮差不多。记得小时候，我家有十几亩田，每年都会交满满一车粮。

粮管所位于镇上，里面的粮食堆成了高高的山。外面车辆排成了长龙，人们又口渴又焦急，在烈日的炙烤下谈论今年的收成。父母通常早去，即便这样，也要等到中午才能排到号。

还没等我弄明白为什么要交公粮，国家就取消了农业税，从此我家再也没交过公粮。

读到《卖余粮的故事》，我仿佛又回到了儿时的夏天。我们都曾是单纯的孩子，在生养自己的沃土上，沐夏日清凉，闻青草芳香。

那个年代的苏州，生产力不发达，生活水平不高，但人们的精神面貌很好。无论是生产，还是生活，人们都积极参与、面对，充满热爱和期盼。

作者记录的是故事，却突出了"情"和"态度"，讲述了亲情、友情、爱情，为人处世的哲学以及对待生活的态度。

生活有时会让人遍体鳞伤，而受伤有时会让人变得更强壮。

宫崎骏在《岁月的童话》里说："岁月似一掬清水，无论平摊还是紧握在手掌，总会有一点一滴从指缝中流逝。"

人生如水车，不曾停歇，在时光里无声无息地老去。所有的经历都会变成故事。年少时不会思考，现在才明白，最值得纪念的事情都发生在昔日岁月。

所以蒋坤元老师从未停笔，写了30多部图书，把这些岁月牢牢抓住。书中储存了前世今生的故事，是他的精神故地。

人生需要顺势而为

提起创业，我不由得想到摆地摊儿卖衣服、小商品等这些低成本小买卖；或者想到注册公司，老板亲自跑业务，然后每天没完没了地应酬。

潜意识觉得，创业是辛苦的，而且失败的概率很大。

最近有专家提出，当今社会有三件事情不能做：一是买房，二是投资，三是离职。

这也说明，现在做生意越来越难了。很多人都不敢投资做生意，因为很可能血本无归。

你能想象得到，在十几年前，有人贷款三千万元在阳澄湖畔买地吗？

即使在现在，三千万元也不是个小数目，一般人不敢轻易贷这么多钱，也贷不了这么多钱。

《四十才是青春》讲的是作者蒋坤元的亲身经历。2002年，四十岁的蒋坤元突然放弃高薪去创业，让周围的人大跌眼镜。

首先反对他的人是他的妻子，还有阿舅，接着是身边的一堆亲人。最后众人都拗不过他，看他坚定的样子，又都来支持他。

他要在阳澄湖畔买二十多亩地建厂房，这需要一大笔钱。东拼西凑才借到几百万元，无奈之下向银行贷款三千万元。

经过十几年辛苦打拼，现在他成为身家过亿的富豪。

谈起这段经历，蒋坤元曾说，创业一定要顺势而为，要跟着政策走。政策提倡的事情，你去做，很容易做起来。政策不允许做的，你若做，就一定失败。

鬼谷子说："益损、去就、倍反，皆以阴阳御其事。阳动而行，阴止而藏。"大概意思是，所有的增益和损害，所有的离开和靠拢，所有的背叛和依附，都可以通过阴阳之道来驾驭。阳气活动时就行动，阴气静止就闭藏。

做人要知道审时度势，适时进退。

所以，"顺势而为"才是最佳选择。

2002年，苏州相城还是农村，有大片农田。国家鼓励自主创业并大力发展相城。当地招商引资，一切都生机勃勃。

蒋坤元不满意自己十几万元的年薪，毅然决然决定办厂。

当时政策没有现在这么严，贷款容易，买地批得也快。他在妻子的建议下，买了二十亩地。

在当时，这是一个非常大胆的举动。试想，一个乡下人，与土地打了大半辈子交道，能够摆脱农村户口就不错了，谁会傻到贷款去买地，然后困在农村一辈子？这个赌注太大了。

但蒋坤元并不这样认为。他要开厂，租厂房，租金也是一大笔开销，不如自己买，这样省掉了租金，使用权还永远是自己的。

学过历史的人都知道，古代地主和穷人的区别就在于土地占有量的多少。即使在当今社会，谁拥有的土地多，谁就掌握了一笔隐形财富。

蒋坤元又怎会不知这个道理？他说，只可惜自己当时资金不够，不然会多买一些地。

所以，无论是创业还是做事，认清形势，利用形势所产生的巨大力量去做事，就会省心省力，名利双收。

"借势发挥"是借别人的势力而强大自己的一种策略。

在网上看到这样一段话：穷人永远做——事！富人永远做——市！富豪永远做——势！

凡成大事者，必然明势，不仅懂得顺势而为，还会造势而起。

作者在书中写道，2005年秋，他的注塑车间刚启动，除了加工尼龙轮子，还生产塑料零件盒。

如果塑料零件盒没订单，整个车间就名存实亡。那时市场上的塑料PP价格猛涨，他做出来的塑料零件盒，客户购买之后几乎要亏本。

而客户已经意识到这个问题，所以他们想放弃这个订单。

这时蒋坤元找到公司老总，请求老总把接到的塑料零件盒订单让给他。他算了一下，如果订单直接下给他，他能多赚些钱。

那位老总慷慨地把客户介绍给他。就这样，他抓住了一个大客户。

这个客户最终成为他的长期客户。

他说，做工厂，要学会借力，用别人的力量发展自己，只有这样，我们才能成为人生赢家。

可以说，他是借势而成功的。

这个世界上没有人会一直一帆风顺。别人只看到蒋坤元的云淡风轻和亿万财富，却不知个中艰辛。

办厂后，他被人骗过，与人争吵过，丢过客户，出过安全事故，亏过钱，货车被扣过……他与形形色色的人打交道，渐渐洞明世事。

他本来就是销售出身，办厂后业务能力更强了。他从不关闭与世界接触的通道，坚持学习。他做事凭的是热忱而不是贪婪，从商后渐渐有了自己的处世哲学。

最累的时候，连续一个月没有脱外套倒头就睡。

经过一次次调整和不断努力，他的生意步入正轨，越来越好。

近几年,互联网对实体行业冲击很大,很多同行倒下了。他的公司不仅没有凋敝,生意反而更好。

他说,这是一个好时代,一个你抓住机会就能飞翔的时代。竞争虽然更激烈,但机会也更多了。做生意,到最后拼的是人品和实力。

经过十几年的发展,他的公司已经有很多稳定的大客户。

时机到来,乘势而上,风生水起。

有人说英雄造时势,我却觉得时势造英雄。每个时代都有顺势而为并成功的人。

网上流传着这样一段话:第一批下海的人,不会做生意,照样成万元户!第一批炒股的人,不懂K线图,照样成富翁!第一批炒房的人,不懂经济学理论,照样发大财!第一批做互联网的人,不会上网,照样躺着赚钱!

没有为什么,只是有人看准了趋势。

即使现在,很多人说生意难做、钱难赚、出书困难,我身边依然有在各个领域坚持摸索并成功的人。

赚不到大钱赚小钱。如果你会写作,可以在写作平台开专栏,吸引粉丝。粉丝多了可以开课,可以有打赏收入,也可以参加线下活动,做付费培训。

你还可以写书出版,靠版税增加一份收入。

如果你擅长舞蹈、钢琴、画画……你可以在很多视频平台展示你的才艺,吸引粉丝。粉丝多了就会有厂家找你做广告,你还可以做付费培训……

如果你喜欢美食,你可以写美食帖子、"吃货"文章,一样可以吸引同类,一些食材厂家、美食餐厅会找你做推广。

这就是顺势而为。

投资界陈宇先生说:我所有的成功与失败,很大程度上都不是由我的个人能力决定的,而是被大趋势给决定了。

了解趋势,可以让我们事半功倍,更容易成功。

读《穆斯林的葬礼》有感

　　莫言说:"世界上的事情,最忌讳的就是个十全十美,你看那天上的月亮,一旦圆满了,马上就要亏厌;树上的果子,一旦熟透了,马上就要坠落。凡事总要稍留欠缺,才能持恒。"

　　有人说,人生最痛苦的事情是爱而不得。

　　这个世界没有十全十美的生命,也没有十全十美的爱情,因为遗憾,才能让人珍惜、怀念。

　　《穆斯林的葬礼》是回族女作家霍达的代表作,获得第三届茅盾文学奖。本书是一部爱情悲歌,它展现了大时代背景下,穆斯林家庭的爱情和生活习俗。

　　本书以"玉"为主线,以"爱情"为暗线,以优美细致的文笔,缓缓讲述了三段爱情悲剧。爱与恨,善与恶,商人之间的尔虞我诈,手工艺人的匠心精神,刀光剑影,大气磅礴。

　　据说,素材来源于作者身边的真人真事,虽然故事普通,但经过作者的雕琢,已经成了美玉,光华璀璨。

本书细节丰富，章节设计精巧。奇数章节写的是父辈们的故事，偶数章节写的是儿女这一代的故事。父辈们的故事荡气回肠，儿女们的故事凄婉动人。

随着情节推进，矛盾愈演愈烈，人物的性格也逐渐鲜明起来，我随着故事一会儿哭一会儿笑。

《月明》《月晦》《月落》，讲述了韩新月一生的爱恨情仇。所幸，她缺乏的母爱，从韩子奇和楚雁潮那里得到了补偿，哥哥天星对她也很好，她仍然是一个幸福的人。

她是一个私生女，生母是小姨梁冰玉，父亲是韩子奇。战争爆发后，为了保护玉器，韩子奇被迫和妻妹梁冰玉一起去英国伦敦避难，之后对她渐生情愫，有了夫妻之实，最后梁冰玉生下韩新月。

回国后，韩子奇的原配妻子梁君璧知道真相后痛不欲生，她接受不了妹妹在这个家庭的存在。为了平息这场纷争，梁冰玉在一个大家熟睡的凌晨，留下一封信，远走他乡。

梁君璧对韩新月不冷不热，始终爱不起来。看到韩新月，她就会想到丈夫和妹妹对她的背叛，这是她一生的痛。

楚雁潮在北大校园见到韩新月的第一眼，就对眼前这个讲着流利英语、有主见的女孩有了好感。一个是汉族，一个是回族，在当时的大背景下，两族是不可以通婚的。故事从一开始，就注定是个悲剧。命运，早已给两人悄悄安排好了结局。

楚雁潮努力上进，思想新潮，富有正义感和责任心，比学生大不了几岁，深得学生喜爱。韩新月如初升之月，淡雅清新。她美丽，活泼，勇敢，会说一口流利的英语，敢于追求梦想。

她在患病之后还孜孜追求，和楚雁潮一起翻译鲁迅的《故事新编》。尽管这本书没有出版，但她没有浪费最后的时光。

一次偶然机会，她被查出患有心脏病，而且到了晚期，已无做手术的必要。读到这里，我为她惋惜。所谓悲剧，就是把美好撕碎给别人看，要字字割心，意味深长。

这时故事也进入高潮，她的老师楚雁潮用马克思写给燕妮的诗向她表白，韩新月从不敢接受到热烈回应，两人爱得死去活来。

梁君璧以回族不能和外族通婚为由百般阻挠两人结婚，韩新月经受不住打击，病情更加严重，后又从姑妈那里得知身世，魂归西天。如果是亲生母亲，女儿在生命垂危之际遇到真爱，即使有违教规，她也一定不会阻止女儿。

可怜的楚雁潮失去韩新月后神情憔悴，余下的岁月，以曲寄情，在韩新月坟前深情演绎《梁祝》。

这个情景，和《红楼梦》的结尾，贾宝玉潦倒失意地走在荒野是多么相似。

真爱是不可替代的，独一无二的。

《半生缘》里，错过爱情的顾曼桢对世钧说："世钧，我们回不去了。"

楚雁潮和韩新月也回不去了，从此两人阴阳两隔。韩新月去世前，心心念念着楚雁潮，她勉强支撑着，想见他最后一面，哪怕一句话都不说，只彼此紧握双手告别。

她最终没有如愿。楚雁潮来到时，看到的是冰冷的白布。

在浮躁的今天，重温经典，心如止水。仿佛回到从前，车马很慢，书信很慢，爱情很甜的日子。

梁君璧赶跑妹妹梁冰玉，拆散韩天星和容桂芳，阻止韩新月恋爱，使她病情加速恶化。梁君璧在书里扮演着坏人，推动着故事情节的发展。

这本书讲述了两代人的三段爱情悲剧，其中楚雁潮与韩新月的爱情最让人扼腕，牵动所有人的神经。

作者笔法细腻，给读者刻画了一个在病房里仍然坚强乐观的韩新月。她的善良、热情、勇敢，以及对生命的渴望，让读者为之动容。

书中最后写道：雁归有时，潮来有汛，唯独明月不再升起。

这像是楚雁潮的自言自语。

燕子去了，有再来的时候；杨柳枯了，有再青的时候；桃花谢了，有再开的时候。但是，聪明的，你告诉我，我们的日子为什么一去不复返呢？

一切都结束了，一切如南柯一梦。

林夕的歌词写道：我也曾把我光阴浪费，甚至莽撞到视死如归。却因为爱上了你，才开始渴望长命百岁。

想到这歌词，心猛地一疼。心疼韩新月，在最美的年华遇到最好的爱情，却因为患有先天性心脏病，最后不舍地离开这个世界。

从前，每次看到有人老去或病死，便感慨做人无味。现在却觉得生而为人是最好的，因为有酸甜苦辣，有生老病死，只有这样，我们才会珍惜相遇时的美好。

韩新月在住院的时候，还想着回学校继续学习明年的课程，担心楚雁潮不再教她。她还盘算着，等病彻底治好了，她就又可以回到北大看未名湖，和一群志同道合的同学挥霍"飞扬跋扈"的青春。

所有人都向她瞒着病情，看着她规划人生，对未来充满期待，心酸又心疼。

这部小说虽然是悲剧，却具有现实意义，它告诉我们：珍惜当下，珍惜眼前人。因为明天未知，人生充满变数，我们挥霍的今天，正是别人期待的明天。

读《包法利夫人》有感

现在各种小额贷款充斥着我们的生活，先借后还，先消费后买单，这种观念不知害了多少人。

很多人沦陷欲望之中，频频借款。到了还款日，四处筹钱，拆东墙补西墙。有的大学生甚至债台高筑，被逼得走投无路却不敢告诉父母，最终选择自杀。

信用卡、小额贷等本身没错，错在守不住欲望之心。

商人只是把产品推荐给你，然后提供一个轻松便捷的购物方式。有能力就买，没能力就拒绝，拒绝不了自己就要承担后果。

要知道，欲望总是笑里藏刀，光鲜亮丽地出现在你面前，只有自律克制才能抵抗诱惑，才能让自己拥有更为长久的幸福。

《包法利夫人》讲述的就是一位法国美女因爱慕虚荣超前消费，最终债台高筑、服毒自杀的故事。

故事的主人公叫爱玛，她原本是一位农夫的女儿，因受过贵族教育，丢不掉小资情调，总迷恋纸醉金迷的上流社会。

后来，她嫁给一位受人尊敬的乡镇医生。丈夫勤勉老实，内向寡言，不解风情。

婚后没多久，她开始厌倦这种平淡无味的生活，抱怨丈夫无能。

在精神世界里缺乏寄托，就会在生活中发泄各种不满。

在这本书里，包法利很没有存在感，在爱玛眼里根本不像个男人，家里大小事他都做不了主。

就像宋冬野歌里唱的那样：爱上一匹野马，可家里没有草原。

他早出晚归，披星戴月，辛苦赚钱养家，忙得昏天黑地，根本没有时间和妻子沟通。

他喜欢爱玛，喜欢她的多才多艺，她会画画，弹得一手好钢琴，还会写诗。她有丰富的内涵，会装扮生活，家里布置得很温馨。她会烧菜，会为人处世，会帮包法利解决很多难题，邻里交口称赞。

然而对于这样一个完美的妻子，他却无法给她一个理想的草原，任由马儿奔跑。

一个偶然的机会，一位英俊的金发青年莱昂闯入她的生活。他年轻浪漫，幽默风趣，博学多才，裁剪合身的燕尾服显得很贵气。

莱昂十分符合她心中理想男人的形象，她一下子坠进爱河。

莱昂也被这位迷人的少妇吸引，爱玛精致的脸庞总在他的面前晃来晃去。

最终他们相爱了。

她不甘心过平凡的生活，不肯将就，吃穿用度都讲究，丈夫赚的钱根本不够她开销。爱玛为了让自己看起来更美，当首饰，卖二手物品，想尽办法弄钱买奢侈品。

她的举动落在时尚商人勒乐眼里。他看出爱玛是一位爱好打扮、喜欢风雅的女人，便主动上门推销各种时尚货品，并说可以赊账消费。

爱玛的欲望在这些琳琅满目的奢侈品面前萌芽了，她开始尝试超前消费。每消费一笔,她便在账单上签上自己的名字。

出轨后的爱玛深深自责,她开始让自己忙碌,以转移注意力。莱昂彼时是一位单纯的青年,他也陷入情网不能自拔。为了摆脱这种痛苦,他前往巴黎读书。

他走后,爱玛并没有闲着,她很快被前来找包法利看病的富翁罗多尔夫吸引。

罗多尔夫是一位情场老手,三四十岁,性情粗野,狡猾冷漠。为了得到爱玛,他把自己包装成一个苦闷没有知己的落寞男人。

他说,只要能得到一个真心待他的人,他将克服一切困难,去达到目的。这一招儿果然奏效,爱玛很快爱上了他。

爱玛在包法利上班后,盛装打扮,穿过茂密的森林,去罗多尔夫的庄园幽会。很快,罗多尔夫对她产生厌倦,在爱玛提出要和他一起远走高飞时,他选择了离开。

本以为被抛弃后的爱玛会吸取教训,从此好好生活。没想到在一次看戏时,她又遇到了莱昂。此时他是个练习生,在一家律师事务所实习。

见面后,他们埋在心里多年的爱情又死灰复燃了。

莱昂此时已经不是那个初出茅庐的青年,而是一个有着丰富社会经验的男人。他和爱玛在一起,只是为了利用她,并没有想过和她相伴一生。

爱玛把全部的热情都倾注在莱昂身上,又一次陷进爱河。为了配得上莱昂,看起来不寒酸,她背着丈夫向商人勒乐借了很多债,沉浸在自己亲手编织的梦里。

莱昂要升为第一练习生了,为了不影响前程,他选择和爱玛断绝联系。

这时,商人勒乐上门催债,限定爱玛在二十四小时内,把八千法郎的借款还清,否则以家产抵押。

爱玛走投无路,向莱昂借钱。他假装同意,骗她说去朋友家借钱,其实是为了躲开她。爱玛最终没有等到莱昂，失望而归。

她向认识的律师借钱，律师却趁机占她便宜。

她又向情人罗多尔夫借钱。爱玛想，他有三座庄园，每年收入至少一万五千法郎，不可能一点儿都不帮她。罗多尔夫竟然说自己没钱。爱玛受到羞辱，气愤而归。

那些曾口口声声说爱她的人，现在却一个个远离她。那时，她才知道后悔。

爱玛也许不知道，社会到处充满诱惑，爱情在婚后也许会随时间变淡，可外面帅气多金的男人，岂是普通女人能驾驭的？

结果，只会让自己满身伤痕。

她的世界被搅得天翻地覆，丈夫却毫不知情。

最后，她无力偿还债务，因害怕面对接踵而至的恶果，服毒自杀。临死前，她对丈夫说："你是一个好人。"

她死了，留下一个烂摊子和孤独无依的女儿。

她的丈夫从此失魂落魄，半痴半癫，最后抑郁而死，女儿则被送给亲戚抚养。

我很同情他们的女儿白尔特。在父母去世后，她无家可归，身上只有十二法郎七十五生丁。

最后她被姨妈收留。姨妈家一贫如洗，不得不送她去纱厂做童工。小白尔特才八九岁就失去了父母的疼爱，更无法接受母亲那样的贵族式教育，一生的基调就这样定下了。

爱玛在恣意挥霍纵情享受的时候，有没有想过自己的女儿？如果知道全家是这样的结局，她会不会及时回头？

这篇小说创作在法国七月革命时期，故事主人公的原型是福楼拜父亲的一个学生的妻子。

学生死后，福楼拜得知真相，久久不能平静，决定用这个素材写一部小说。他每天工作十二个小时，反复修改删减，历时四年多，最终写成了这部世界名著。

福楼拜说："我就是包法利夫人。"其实，每个人都是包法利夫人。

欲望会降低幸福指数。包法利夫人想要过浪漫的生活，难道廉价和平凡的事物就不浪漫吗？

商人将物质与精神追求等同，这就是其精明之处。包法利夫人的愚蠢之处在于：她从来没想过和丈夫沟通，调整自己的心态和生活姿态，而是永远活在别处。

理想是美好的，现实是残酷的，欲望和现实，需要用智慧平衡。如果没有足够的实力与自信，欲望占据上风，就会付出惨重代价。

这个故事让我想起莫泊桑的《项链》，两位主人公的性格如出一辙。同样出身贫苦，同样不甘心过眼前的生活但又不想奋斗，最终为自己的欲望买单。

缺乏自我认知，缺乏承受力，缺乏自律，才会觉得自己什么都缺，才会过度消费。

外面的花花世界，经历了才知有多残酷。如果最开始就安分守己，脚踏实地，又哪会有悲惨的人生？

过度消费，相当于在拿自己的下半生买单，及时止损才是正确的选择。

《乱世佳人》电影观后感

前言：1936年，女作家玛格丽特·米切尔创作的《飘》出版，小说面世后引起轰动，读者争相购买，6个月就销售一千万本，每本价格高达60美元。

《飘》要被改编成电影的消息不胫而走，全好莱坞的女演员都想得到斯嘉丽这个角色。最终，二十五岁的费雯丽脱颖而出。

1940年，《飘》改编的电影《乱世佳人》在美国上映，该片在奥斯卡金像奖颁奖典礼上获得了包括最佳影片、最佳导演、最佳女主角在内的十个奖项，后来在美国电影协会评选的"20世纪最伟大的一百部电影"中位列第四。

故事以美国南北战争为背景，讲述了一位女性的成长史。

斯嘉丽是一位庄园主的女儿，她爱上农场主的儿子艾希礼。但落花有意，流水无情，艾希礼要娶的是表妹梅兰妮。斯嘉丽得知后怒火中烧，为了报复，赌气与一个她不爱的人闪婚。

战争中，她失去爱人和家园，失去母亲，父亲变得痴呆，但她没有被生活打倒,仍然努力奋斗。战争结束后,为了生存,她又嫁给一个自己不爱的人。她有敏锐的商业头脑,赚了很多钱,成了女富豪。就在此时她的第二任丈夫去世了,她便与爱她多年的瑞德结了婚。

电影上映 80 多年,现在看仍然是一部经典。

今天,我想从情节设置、镜头语言、人物服饰色彩 3 个方面来分析这部电影的魅力,在第四部分我会谈一谈影片带给我的现实思考。

1. 情节设置

这部电影的情节设置有两处很巧妙的地方:

(1)只要斯嘉丽处于危急时刻,瑞德都恰到好处出现。

编剧并没有让瑞德一直按套路追求斯嘉丽,而是让他充当英雄的角色,适时出现,帮斯嘉丽解围,这样能给人以神秘的感觉。

他每次出场,都是在斯嘉丽人生的重要时刻,可以说他是斯嘉丽成长的见证人。

瑞德第一次出场,是在艾希礼的订婚宴上。影片并没有正面展示他,而是通过一个女孩的讲述,点出了众人对他的第一印象。

这个人被西点军校开除,人品不好,没原则,没人缘,是个无赖。斯嘉丽从别人口中听到瑞德的劣迹时,惊讶得张大了嘴巴,同时充满了好奇,渴望见到真人。

接着,斯嘉丽在房间里向艾希礼表白,被藏在角落里的瑞德偷听到。斯嘉丽并不知有第三者在场,被拒绝后她生气地打了艾希礼一巴掌,并且变得歇斯底里,这时瑞德戏剧般地出场了。这个经典的出场方式在此后的片段中被沿用多次,有的雷同,有的则是它的延伸。

他们每次见面都正面交锋,仿佛水火不容。瑞德似乎特别喜欢跟她斗嘴,而且总是一副志在必得的样子。

此外,瑞德每次都是在斯嘉丽最倒霉的时候出现,帮她解围并点拨她。同频相吸,优秀的人最能识别优秀的人,而且一个人不会一直无条件帮助另外一个人，除非是爱情。导演刻意安排的这些情节，暗示了瑞德早已喜欢上了斯嘉丽。

瑞德第二次出现，是在战争募捐晚会上。这时的斯嘉丽正在服丧，但一身黑衣压抑不了她的欲望，她迫不及待地想跳舞了。

接下来，瑞德花重金请斯嘉丽跳舞，在所有人惊诧的目光中，她开心地答应了瑞德。此时有个特写镜头，瑞德露出邪魅的微笑，仿佛一个恶魔找到了同类。

在葛底斯堡战役中，南军大败，亚特兰大战火连天。艾希礼在上战场前把梅兰妮托付给斯嘉丽，尽管内心非常不情愿，斯嘉丽还是勇敢地承担起照顾梅兰妮的责任。

亚特兰大被大火彻底摧毁，斯嘉丽走投无路，带着刚分娩的梅兰妮连夜逃离火海。惊慌失措中，瑞德及时出现了，这是他第三次出场。

他像从天而降的战神，守护着斯嘉丽。

瑞德帮斯嘉丽逃出封锁线后，又拒绝成为她的依靠，他做了一个让人大跌眼镜的决定：去参军。谁也没有想到，这个大家眼中劣迹斑斑的逃兵会选择上战场。

（2）除了瑞德，让我印象最深刻的镜头，就是影片中的三个夕阳下的背影。

第一个夕阳下的背影，是女孩斯嘉丽。她与别的女孩并没有什么不同，她的愿望就是找个心爱的男孩结婚，战争和贫穷都与她无关，南方的荣誉和家族的兴衰都与她无关，她只想没心没肺，无忧无虑地活着。

第二个夕阳下的背影，是经历战争后的女人斯嘉丽。这时的她性情大变，不再是昔日庄园里的大小姐，而是为了生活，变成了像王熙凤一样能干的女人。

斯嘉丽穿过封锁线回到家乡泰拉，她无法相信自己的眼睛，这里已经是一片废墟，记忆中的一切美好都被战争摧毁。

家园被毁，母亲去世，父亲痴呆，这么一比，她觉得自己能活着真的已经不错了。这是她性格上的一个大拐点，也可以说之前演了一个多小时，全都是在为这一拐点做铺垫。她说了一段很经典的话：

"愿上帝做我的见证，他们不会让我屈服！我一定会渡过难关，战争结束后，我不会再挨饿！决不！我的家人也不会再挨饿！即使让我去撒谎，去偷，去骗，甚至去杀人！愿上帝做我的见证，我决不会再挨饿了！"

这时镜头慢慢拉远，女人斯嘉丽站在夕阳下，在空旷的天地间，变得越来越渺小，最后与画面融为一体。天与地，人与树，一抹清瘦的身影，环境的渲染拔高了人物形象。

第三个夕阳下的背影，是瑞德离她而去，她独自回到故乡，又下定同样的决心，让瑞德回到自己身边。

影片后半段主要展现斯嘉丽与瑞德的婚后生活，他们新婚宴尔，幸福美满，有了女儿邦妮后，生活堪比神仙。

但盛极而衰，他们性格太过相似，矛盾开始出现，生活渐渐变得一地鸡毛。在女儿意外去世之后，他们的婚姻土崩瓦解。

直到梅兰妮去世，斯嘉丽才意识到自己一直爱着瑞德，只是这一切都晚了，瑞德已经离开。

斯嘉丽又回到一无所有的日子，就在绝望之际，她想起了家乡的土地，夕阳下，她又坚强宣誓：

"不，我要回家去，我会想办法让他回到我身边，无论如何，明天又是新的一天！"

电影伴着她的宣言与背影结束。

故事结尾并没有明确告诉我们后事如何，但我坚信，勇敢的斯嘉丽最后一定能挽回瑞德。

2. 镜头语言

镜头语言，顾名思义，就是利用特写镜头刻画人物的性格。这是导演常用的创作手法，更是一部电影里最重要的元素之一。

下面几个镜头暗示了斯嘉丽的心理和性格变化，从遇事就惊慌失措到淡定，她变得从容、现实。

（1）伤兵营的长镜头俯拍，展示了战争的残酷，斯嘉丽就是在这样残酷的环境中成长起来的。

斯嘉丽去伤兵营找医生，这时镜头慢慢拉起，斯嘉丽无助地走在一片哀号之中。战火连天，尸横遍野，伤兵挤满营地，画面暗哑没有生机，这让斯嘉丽充分认识到战争的残酷。

果然，镜头就是无声的语言，当语言表达显得苍白无力的时候，镜头就是最好的诠释。

（2）梅兰妮在战火中生产，情况十分紧急。斯嘉丽还没有足够的能力应付这突如其来的一切，她慌了神，时不时望向窗外。医生迟迟不来，她汗如雨下，不停地擦拭并诅咒天气太热。

哪里是天气热，分明是她内心太焦灼。

在昏暗的光线中，镜头在梅兰妮和斯嘉丽之间切换，一个强忍痛苦，一个心乱如麻。无论怎样，镜头都暗示了她们紧密相连的命运。

（3）开枪打死北方士兵，暗示了斯嘉丽的蜕变。

在泰拉的家中，斯嘉丽遇到一个入室抢劫的北方士兵，对方孔武有力，步步紧逼。面对强大的敌人，斯嘉丽竟然没有丝毫惊慌，而是从容地拿起手枪，脱掉鞋子（怕脚步声惊动敌人），上去就是一枪。

这些镜头把斯嘉丽的性格展现得淋漓尽致：从容不迫，骨子里天生带些狠劲儿。

3. 人物服饰色彩

观影中，人们往往关注剧情而忽视人物服饰的变化。

其实，一部好的电影，剧本、演员、导演、布景、人物服饰等都很重要，缺一不可。

《乱世佳人》中，斯嘉丽的服饰色彩既有变化，又有统一，符合她的性格和身份，又与布景完美结合。造型师、美术师和演员，成功塑造了美好的斯嘉丽。

服饰的颜色变化，从侧面反映了斯嘉丽的心境和成长环境的变化。

少女斯嘉丽的衣服色彩鲜艳，明丽活泼。比如影片开头，她在庄园玩耍，旁边两个男孩对她献殷勤。她一脸傲娇，无忧无虑，这时身上穿的是白底绿花连衣裙，腰间束着缎带，头发扎着红头绳，头戴一顶大檐帽，天真烂漫。

在南军大败时，画面黯淡凄凉，大家争相逃命，她不得不留下来照顾即将分娩的梅兰妮。这时她衣衫不整，狼狈不堪，一副饱受战争摧残的样子。

也是在这时，她从一个幸福的大小姐，变成一个朴素务实的女人。

这样的经典造型在影片中出现多次。斯嘉丽的衣服颜色随着剧情的变化而变化。美术师不仅打造了梦幻的庄园，更成功塑造了一个在战火纷飞中努力生活的女孩形象。

一切场景都是那么的真实自然，斯嘉丽这个人物形象更是成为经典。

现实思考

重温《乱世佳人》，我想谈谈影片带给我的现实思考。

（1）直面苦难。

尼采说："受苦的人没有悲观的权利。"

一个受苦的人，如果悲观，很难东山再起。

影片中的斯嘉丽，无论境遇如何，都以一股"狼性"走江湖。她敢杀北方士兵，敢雇犯人给自己打工，敢一个人驾着马车穿过贫民区……似乎世上就没有她害怕的事物。

战火纷飞中,斯嘉丽一改往日大小姐的做派,为了家人的生活,勇敢抗争、奋斗。她靠着勤劳的双手和敏锐的头脑,为自己和家人争得舒适的安身立命之所。

面对接二连三的打击,斯嘉丽也只是说了句:明天又是新的一天!

遇到困难和挫折,不悲观不气馁,敢于抗争,才能改变命运。

(2)爱,是用心去看的。

不管我们有多害怕,多孤独,有些路,一个人走过才能成长。

战乱时,瑞德送斯嘉丽回泰拉。到亚特兰大时,他选择参军,让斯嘉丽独自踏上回程。

那时,她多么希望瑞德能陪她走完这一程,可他没有。她以为瑞德不爱自己,感到生气、绝望。失去了瑞德的庇护,她不得不坚强,真正成长。爱,往往藏在内心深处,正如《小王子》里狐狸说的:爱,是用心去看的。

结语

好看的电影让人回味无穷。斯嘉丽并不是个完美的人,她也有很多缺点,比如自私、贪婪,但这并不影响我对她的喜爱。在她身上,我总能找到一点儿自己的影子。她"决不会再挨饿"的宣言,还有在夕阳下的背影,永远留在了我心里。她的生命力如此顽强,仿佛在告诉人们:活着就有希望,不管面对什么样的困难,明天又是新的一天。

第八辑　千古春秋事

从西藏回来的人都说,那里有一种静谧圣洁的气息,让人难忘。布达拉宫里梵音袅袅,纯净,清明,空灵,充满禅意,让人心无杂念。

世间没有双全法,半僧半俗且红尘

从小到大,仓央嘉措的诗,不知读了多少遍;仓央嘉措的故事也听了很多次。我对西藏这个圣地充满好奇。

在西藏人眼中,他是一位活佛。至今,走在西藏街头,仍能听到很多人在传唱他的诗歌,任何一位藏族人,都知道仓央嘉措的故事。

他不仅是一位才子,还因六世达赖的身份,成为很多国内外学者研究的对象。

仓央嘉措逝世时年仅二十四岁,但存世诗作六十余首,每首诗都充满佛性与深情。

互联网上流传着很多他的诗歌,如《我问佛》《见与不见》《在那东山顶上》《不负如来不负卿》,还有很多无题诗。

他去世三百多年,却依然活在人们心中。他是佛,又是诗人,因此人们称他"诗佛"。

关于他的死,众说纷纭。有人说,他是病故;也有人说,他是被迫害;还有人认为他在赴京途中逃掉了。无论哪种结局,在史书上都有迹可循。

潜意识里，我希望仓央嘉措是在赴京途中逃遁，到了一个没有人认识的地方，继续写他的诗歌，过自由的生活，与心爱之人结婚生子，过着平凡又精彩的一生。

1683年，仓央嘉措出生在喜马拉雅山南麓，一个叫门隅的地方，那里地处偏僻，远离政治，人们单纯，很好掌控。因此，权力的掌控者桑结嘉措才派人到这里来寻找转世灵童。

那时五世达赖已去世，他临死前曾交代桑结嘉措，要严守死讯十二年，以防北部蒙古各部侵犯。为了稳住大局，桑结嘉措秘不发表，同时派人寻找转世灵童，做未来的六世达赖。

仓央嘉措原名阿旺嘉措，他小小年纪就充满灵气，在村里很有名。他聪明伶俐，男女老少都很喜欢他。

大家轮流抱他吻他，阿爸还教他认识不少字。他记忆力特别好，诗读一遍就会背。

这一年，家里突然来了一位香客，说是去印度朝佛路过此地，要在家里借宿。善良的父母心疼路人的孤苦，就好心招待他，连自己平常舍不得吃的好东西都拿了出来。

他们绝对没有想到，这人就是桑结嘉措派来寻找转世灵童的喇嘛。

喇嘛确定阿旺嘉措就是转世灵童后，急忙赶回拉萨向上级禀报。从此，阿旺嘉措被很好地保护起来，还被接到巴桑寺常住，开始接受文化教育和宗教洗礼。

他并不知道，从三岁那年开始，自己的命运就被人掌控，从此不由自主。

他一生经历三段刻骨铭心的爱情，每次恋爱，他都会情不自禁写情诗。如果没有爱情，不写诗，只专心做雪域的王，也许许多年以后，人们只知道他是六世达赖，并不知道他是诗佛。

情深不寿，慧极必伤。自古红颜多薄命，才子又何尝不是如此？

大多生得玲珑剔透的人，命运总是多舛，其人生总比寻常人坎坷，如纳兰容若与仓央嘉措，李叔同与苏曼殊……

天若有情天亦老。

人不能无情，但也不能过于多情。生活是美好的，现实的，不能沉溺于幻想，把生活理想化，看见阳光才能快乐。

曾虑多情损梵行，

入山又恐别倾城。

世间安得双全法，

不负如来不负卿。

仓央嘉措的这首诗，道尽无奈与沧桑。一位活佛，身居高位，却向往江湖之远，风流浪荡，想要凡人的一切。他怎知，世间没有双全法，半僧半俗且红尘！

雪小禅说，人生到最后，你终会找到自己，找到和自己属性最相似的那个物质，它不张扬，它有一种神秘却又最自然的气息。

仓央嘉措不用走到人生最后，他一直都清楚自己生命的底色。

那个生在门隅，风里奔跑的少年，一直都向往自由自在的生活，没有政治的角逐，没有高处不胜寒的岌岌可危，有的是快乐与安定，灵魂的丰满与自由。

他出身红教，却被迫做了黄教的喇嘛，一生不能婚配。俊朗的少年，躁动的青春，在情与佛之间徘徊，陷进孽海情天不能自拔。

白天，他是雪域最大的王；夜晚，他脱下僧衣，放下至高无上的权力，乔装打扮出城与情人幽会，与同龄人狂欢。

他是有权有钱悲天悯人的活佛，他也是有血有肉有激情的青年，长得眉清目秀，气宇轩昂，身材修长，见过他的姑娘都爱慕他。

他有自己的政治抱负，无奈做了桑结嘉措的傀儡，不能掌握大权。

无数次想，如果仓央嘉措像少年康熙那样，运筹帷幄，下定决心扳倒桑结嘉措，亲自执政，充分发挥政治才能，是不是会改写自己和西藏的命运？

然而，他不能。他悲天悯人，有自己的血性，这种人，注定成为政治斗争的牺牲品。他在赴京途中被解救，藏身于哲蚌寺。蒙古军队把寺庙团团围住，双方奋战三天三夜。最后，仓央嘉措站出来说："带我走吧！"随后写下绝笔诗：

白色的野鹤啊，请将飞的本领借我一用。

我不到远处去耽搁，到理塘去一遭就回来。

然后又转身对门人说："记得留好我的诗稿，来日还要还于我的。"

为了避免更多的杀戮与纷争，他选择牺牲自己。他是当时藏、蒙、清政治人物眼中的假达赖，却是西藏人心中的真活佛。

关于仓央嘉措的死，有人曾评价：一个很有价值的人物被毫无价值地牺牲了，一个最有情意的人物被无情地毁灭了，而且毁灭得那样早，那样无声无息，那样无可挽救。

从西藏回来的人都说，那里有一种静谧圣洁的气息，让人难忘。布达拉宫里梵音袅袅，纯净，清明，空灵，充满禅意，让人心无杂念。

而我，一直梦想着去西藏，只想在那个圣洁的地方寻找仓央嘉措的踪迹，观赏他扯过的经幡，朝拜他走过的佛塔，吟诵他的诗歌，回忆他的前世今生，在历史的长河里，感受那一抹苍凉的深情。

在看得见的地方，我的眼睛和他在一起；在看不见的地方，我的心和他在一起，感受着他的气息和温度，体验着他的无奈和沧桑。

也许，他的转世，每一次的轮回，都在西藏这个地方。也许，转世的他忘记了自己前世是谁，笑意盈盈地与每一位远道而来的客人说禅，与美丽的姑娘擦肩。

张爱玲：山水相逢，那穿越红尘的爱恋

张爱玲，一位在20世纪40年代蜚声文坛的才女。母亲在她入学时，嫌她的原名张煐不够响亮，于是改名张爱玲。母亲也许没有想到，这么一个"土气"的名字，日后会响彻文坛。

张爱玲生在一个没落的封建贵族家庭，祖父张佩纶是晚清才子、李鸿章的高级门客，身居官场，满腹经纶。

祖母李菊藕是李鸿章的女儿，大家闺秀，娴雅女子，才思敏捷。母亲黄素琼（后改名为黄逸梵）亦是名门千金，才情俱佳，与张廷重（又名张志沂）门当户对。她与张廷重结合可谓强强联合。

最初他们度过了一段甜蜜时光，然而性格和思想的差异让彼此之间的罅隙越来越大。

黄素琼受五四运动的影响，思想新潮开放，崇尚自由民主，不甘心做个深闺女子。

她希望能与张廷重共建新式家庭。

张廷重虽然以新派人物自居，实则传统迂腐。时逢乱世，科举制度

不复存在，他满腹经纶无用武之地，终日感叹时运不济，生不逢时。绕室吟哦，一唱三叹。

黄素琼看不惯他每日吞云吐雾抽鸦片，混迹于风尘女子之中，奢靡堕落。她也忍受不了家里的死气沉沉和压抑。

无论她怎么努力，她和张廷重始终像两条平行线，永远无法相交。

他们还是协议离婚了。一个文艺，追求理想化的生活；一个要稳定，追求物质富足，贪图享乐，思想固化。

他跟不上时代的变化，不是她理想的丈夫。她亦不是他理想的妻子，她不娴静温婉，亦不温顺听话。

两股力量的较量，最后产生强大的离心力，彼此厌恶，遍体鳞伤。

黄素琼一气之下和姑姑张茂渊远渡重洋。

她走了，带走了母爱，带走了张爱玲和弟弟张子静的依恋。

父母的婚姻破裂，让张爱玲变得特别没有安全感。渐渐地，不安全感深入骨髓，她总感觉自己会被人抛弃，无家可归，无人可依。

她变得越发敏感、多疑，最后自我封闭，喜欢把一切都藏在心里，不敢随意宣泄情绪。

她渐渐陷入孤独、寂寞的黑洞，痛苦不堪。

她像一个溺水的孩子，挣扎着求救，却无人能够帮她。

只有在姑姑面前，她才会敞开心扉，放声大哭，宣泄所有的压抑。

在别人面前，她云淡风轻，一脸淡定。其实内心早已千疮百孔。

在她的眼里，世界不是黑就是白。

她就是那个从明亮掉进黑暗世界里的人。

也许张爱玲自己都想不到，她会爱上胡兰成，一个比她大14岁的男人。

除了才情，他一无所有。

他祖上原是富户，但到了父亲这一代，家道中落，沦为普通农民。

求学时，曾因与教务主任起冲突被开除。

后来做了邮政人员，才不到一个月，就因指责局长"崇洋媚外"被开除。

由此可见，胡兰成骨子里有文人的清高与倔强。

1932年，胡兰成的发妻去世，他拿不出钱下葬，四处告贷，不仅求助无门，还饱受奚落。

这件事对他刺激很大，他发誓，以后无论遇到多大的灾难，他都不再流一滴泪。

他的心被这个世界伤透了，从此行走江湖，他是一个无心之人。

也许，这是他后来做汉奸，不遗余力地为侵略者摇旗呐喊的原因之一。

这样的一个人，在世人眼里，他什么都不是，甚至被人唾弃。然而，张爱玲却把他视为知心人。

一个，从小带着贵族的光环，却没有得到过父爱，孤独地行走于世。

一个，求学之路坎坷，从小叛逆，穷困潦倒。

他们都曾被这个世界伤害，都有一颗假装坚强的心，也都热爱文学。

他们相爱相惜，一点儿也不奇怪。

他喜爱张爱玲练达的文字，更喜欢她漂亮羸弱的外形。她的瘦，她的高，她楚楚可怜的样子，让洞察世事的胡兰成心生怜悯，有忍不住想要保护她的冲动。

张爱玲和胡兰成接触后，眼里生出多年未曾有过的喜悦。眼前这个身材修长的男人，一袭长袍，是那么风流倜傥，温文尔雅。坐下来聊天，他口若悬河，才华横溢。

他的善解人意和对女人的懂得，像涓涓小溪，流进张爱玲的心里。

张爱玲说："我一直想着，男子的年龄应当大十岁或是十岁以上，我总觉得女人应当天真一点，男人应当有经验一点。"

他们在这方面的观点竟然不谋而合。

从此，张爱玲心里有了牵挂的人，一个如兄如父如师、满腹才华的男人。

他欣赏她的才华，能读懂她文字里的繁华与落寞，能够指出她的不足，帮她拔高，又能带给她安全感。

他说，因为相知，所以懂得。只有善良才能识别善良，优秀才能读懂优秀。

她说，自从遇到他，我便低到尘埃里。

高傲清冷如张爱玲，做了他的俘虏。她对他顺从、谦卑、在他面前吐露真心。

两个灵魂惺惺相惜。

为了她，胡兰成和第二任妻子离婚。

他和张爱玲结婚，没有任何仪式，只有张爱玲的好友炎樱为证。没有走法律程序，只有一纸婚书。

他担心日后时局变动，自己的身份会拖累张爱玲。能为心爱的人着想，这也算是大爱吧。

"胡兰成与张爱玲签订终身，结为夫妇。愿使岁月静好，现世安稳。"

前两句为张爱玲所撰，后两句是胡兰成所写。

然而胡兰成终究还是让她失望了。他是一个文人，有着文人的猎奇与浪漫，一生都在尝试新鲜的爱情。

他对张爱玲的爱，也像这动荡的时局一样不稳定。

他在养病期间爱上了17岁的护士周训德。胡兰成对她的第一印象很好，他说："虽穿一件布衣，亦洗得比别人的洁白；烧一碗菜，亦捧来时端端正正。"

他用同样的手段，把小周追到手。

他们同居的时候，胡兰成还在和张爱玲互通书信。他在信里频繁地提及小周，那时张爱玲便知他们的关系不一般。然而，为时已晚。

过春节时，胡兰成没有回上海，而是陪小周在武汉过年。

张爱玲感觉自己又一次被抛弃了，像小时候一样，"一切的繁华热闹已经成为过去，没有我的份了"。

她是那么的骄傲清冷、孤僻内向，强烈的自尊和对爱情的执着，不允许她和别人共侍一夫。

胡兰成开口闭口都是小周，她嫉妒得咬牙切齿，"心里似乱刀砍出来，砍得人影子也没有了"。

这段感情使她饱受折磨，创作力大不如前。然而，她始终无法忘怀胡兰成。即使知道他是一个见异思迁的人，也太晚了，她已经在他身上倾注了全部心血。

日本投降，胡兰成的末日来了。他像老鼠一样四处逃窜。他走了，化名张嘉仪，自称是张爱玲的祖父张佩纶的后人，住在诸暨的朋友斯家。

好了伤疤忘了疼。在斯家的日子，胡兰成本性难移，完全忘记了自己是在逃难，爱上了长他两岁的斯家庶母范秀美。两个人做了露水鸳鸯，出门以夫妻相称。

当张爱玲千里迢迢来到温州找他，看到的不是欣喜，而是嫌弃。看到胡兰成和范秀美两人卿卿我我，张爱玲反倒觉得自己是个外人。

本以为，逃难离开小周的胡兰成会收了痞性，没想到又心系他人。

固执的张爱玲不明白，自己才貌双全，为什么就得不到一个穷酸文人的心？是她对他不够好吗？是她不够漂亮吗？不是。

也许是张爱玲让他有压力。有的男人选择女人，并不会在意她长相如何，而是彼此久处不累。张爱玲内向孤僻，清冷孤傲且不容易快乐。哪个男人会喜欢一个不快乐的女人呢？

情断梦碎，彼此相忘于江湖。即使偶有书信往来，也是朋友间不痛不痒的关怀。张爱玲的很多作品，对爱情细腻独特的刻画，灵感均来自胡兰成。

张爱玲的爱情萎谢了,她要开始新的生活。她要向世界宣告,她的冬天已经过去了!

胡兰成对张爱玲的伤害太深,从那段感情里走出来的张爱玲,从此不再全心全意爱别人。

即使遇到导演桑弧,彼此都心生好感,她也没有勇气去谈一场轰轰烈烈的恋爱。连她的姑姑张茂渊都说,她对桑弧没有像对胡兰成那样认真。

张爱玲旅居美国时,3月里的一天,她在文艺营认识了赖雅。第一次见面,张爱玲有一种强烈的悸动,说不清是什么感觉。

正如她文章里说的那样:"于千万人之中遇见你所要遇见的人,于千万年之中,时间的无涯的荒野里,没有早一步,也没有晚一步,刚巧赶上了,那也没有别的话可说,唯有轻轻地问一声:噢,你也在这里吗?"

赖雅被这位清冷孤傲、气质高雅的女人吸引。

多少年了,没有这样仔细欣赏一个女人。彼此仿佛认识了很久,仿佛熟稔的老朋友。

赖雅博学儒雅,从小就显示出出色的文学天赋。他曾有过一段婚姻,妻子是一位强势的女权主义者,并不符合他理想的伴侣形象。

他骨子里是一个流浪者,向往自由,不喜欢被约束。遇见张爱玲时,他已经离婚了。

渐渐熟悉后,他们越走越近。

赖雅欣赏她的作品,夸赞她文章写得漂亮,文笔是如此优美。

张爱玲很惊讶,不同国籍、不同政治背景的他能够欣赏她的作品。

赖雅的意图很明显,他对张爱玲的欣赏和爱与日俱增。

张爱玲对赖雅的温柔体贴与懂得无法抗拒。他与胡兰成不同,这位年长她许多的男人，在用尽全力去爱她。

1956年8月，他们在纽约举行了婚礼。好友炎樱又成了证婚人，她见证了张爱玲的两次婚姻。

当时，赖雅已经65岁了，张爱玲才36岁，与赖雅女儿年龄相当。

两人不仅年龄迥然、国籍不同，连政治立场也不一样。

赖雅对苏联和马克思主义怀着崇高的信仰，处在新旧时代交替的张爱玲却对马克思主义敬而远之。

赖雅开朗豁达，张爱玲清冷内敛。

人们往往会喜欢性情相似、爱好相近的人。

张爱玲却反其道而行之。她和赖雅唯一的交集就是对文学的喜爱和执着。

他们共同度过一段美好时光。赖雅去世后，她还以赖雅夫人自居，可见赖雅在她心中的位置。

张爱玲心里有一个常人无法看到的黑洞，这个黑洞是原生家庭父爱的缺失造成的。

从小父母离异，亲情淡薄，她的内心无比追求家庭的温暖和长辈的呵护，这种强烈的渴望伴随她一生。

无论是胡兰成，还是赖雅，都年长她许多，弥补了她幼年没有父爱的缺憾。

即便彼此隔着世人无法理解的鸿沟，她也要拼命跨过去，飞蛾扑火般奋不顾身。

经历几段感情，她明白了，再轰轰烈烈的爱情，到最后都比不上平淡相守，彼此相依的感情。

所以遇见赖雅，她的情感有了归宿，尘埃落定。哪怕只有短暂的陪伴，哪怕年迈的赖雅常年缠绵病榻，她也不会弃他于不顾。

这段异国之恋给了她温暖和庇护，从此她对爱情，对人生看得更加通透。

正如多年前她在小说里写的，《诗经》上最悲哀的一首诗是：死生契阔，与子成说，执子之手，与子偕老。悲哀，肯定，钟情，像银白的月光，清爽可又有几多凄切。

李叔同：相聚别离皆是缘

"长亭外，古道边，芳草碧连天……"每次听到这首歌，总觉凄凉深情。后来知道它的作者是李叔同，一位名门公子加才子。

他琴棋书画无不精通，是当时难得的奇才。

他曾流连在上海烟柳繁华之地，曾赴日本留学，曾在杭州教书，桃李满天下。

他曾爱过多个声色女子，也有日本情人，风流不羁，醉生梦死。

他交游广阔，一生风光无限，受人尊敬，却突然脚踏莲花，遁入空门，让无数人百思不得其解。

也许，每个文人都有精神洁癖，无法融入尘世，无法接受任何的俗气与缺憾。

谈到出家，人们往往会联想到消极、厌世。而出家对李叔同来说，是一种精神的回归。

他向往精神上的自由和坦荡，渴望淡泊禅意的生活。

他已走遍万水千山，尝遍世间繁华和落寞，历尽尘劫，是时候归隐了。

就像山上的果子，到了季节，自然而然就成熟了。

他需要一个人格的圆满和升华。

1880年的一天，秋高气爽，天津老三岔河口，六十八岁的李世珍喜得爱子。

这位风流倜傥的商人，原是一名浙籍盐商，曾中过进士，和李鸿章、吴汝纶并称晚清三大才子。他先后娶了三个妻子，前两个都没有为他生下儿子，直到娶了第三个妻子王氏，才有了儿子。

这个孩子就是李叔同。

王氏生性恬淡，清心寡欲，喜欢安静读佛经。李世珍则温柔处世，对人和善，有很多达官贵人朋友。就连李鸿章和外国领事，都经常出入李府。

生在这样的家庭，李叔同自然有一个幸福的童年。

他从小就有洞若观火的智慧，常有孤寂、苍凉之感，这是他与生俱来的性格，是改不掉的。

十岁那年，他写了一句让大人咋舌的诗：

"人生犹似西山日，富贵终如草上霜。"

谁也没想到，此话出自一个孩子之口，更没想到后来一语成谶。

十七岁的韶华，李叔同已是风度翩翩，温润如玉。青涩的少年，开始蠢蠢欲动。他爱上了戏曲，经常去梨园听戏，也因此认识了那里的名角。

有一个叫杨翠喜的姑娘，唱腔圆润，身段妖娆，眉眼如丝。他深深沉醉在她的戏中。每次听戏，仿佛她都是为他一人唱的。

翩翩豪门公子，拥有让人羡慕的权力和金钱，又斯文儒雅无人能敌。谁也抵挡不住这样一个公子哥的欣赏，杨翠喜很快倾心于他。

李母知道后，严厉禁止二人交往，还抬出族里长辈压制他，不再让他去梨园，并且很快让媒婆给他说了一门亲事。

这段恋情就这样夭折了。对于李叔同来说，他只是失去一个爱得不深的女子，伤痛很快便消失。对于杨翠喜来说，这却是沉重的打击。

和多数青春期的男孩一样，李叔同涉世不深，人生经历不多，比较单纯。当时家里生意还未败落，衣食无忧。

他对这个世界很留恋，对美好的爱情很期望。尽管对母亲的做法心怀不满，但他很快就调整心情，听从母亲的意愿成了婚。

1898年，维新变法失败，梁启超、康有为连夜逃往海外，"戊戌六君子"被杀。风云突变，烽烟四起，政治形势很紧张。

李叔同在此之前曾写过一篇抨击时政的文章，家人怕他受连累，让他去上海避难。

那里有家族的生意支撑，钱铺收入足够他在上海的开销。

清末的上海滩，有书院、文学社、学堂、茶楼、戏园，生活丰富多彩。良好的生活氛围使他灵感迸发，佳作频出。他加入社团，广交朋友，很快红透了上海文学界。

他搬进城南草堂，和许幻园住在一起，二人与袁希濂、张小楼、蔡小香并称"天涯五友"。

多年以后，他出家为僧，重返城南草堂。当年的"天涯五友"，去的去，散的散，感慨之余，他作《送别》一首。

李叔同是一个多愁善感、重情重义的人，正因为如此，他对生死离别才会如此放不下。

自古以来，但凡敏感的人，多数不容易快乐。

年轻时喜欢风花雪月，他交往过许多声色女子。李平香、谢秋云、高翠娥等，这些女子的一颦一笑皆充满风情。她们是红颜知己，懂其心事和忧愁。

他看尽世间百态、国仇家恨和无奈。

大时代的背景是灰暗的，时局动荡，民不聊生，只有烟花之地、繁华之所，才能让他忘记世俗的烦恼，获得片刻安宁。

年轻的躯体，还有挥霍的资本。

懵懂的青春，未知的明天，他还要闯一闯。

1905年母亲去世，他第一次尝到生离死别的滋味。

这几年，他一直南北漂泊，文章也曾名扬四海。但一介书生，要救亡图存，谈何容易。

空有一颗炽热的爱国之心，却没有能力为祖国尽一份力，于是他毅然决然东渡日本留学。

那时候留学风潮四起。有人为了政治，有人为了跻身军界，他却为了文艺，为了情怀而去。

日本是新思想新知识的集散地，也是他人生的一个中转站。在那里，他入乡随俗，剪掉麻花辫，摒弃迂腐的思想，穿起了西装，一副洋人的做派。

他在日本学习美术，极具天分。那时日本人很看不起中国人，歧视中国留学生。尽管如此，他依然留在那里，因为他要学艺，不想两手空空充满屈辱地回国。

也是在那个时候，他遇见了日本的红颜知己。她做他的模特，让他练习画画，陪他度过每一个晨钟暮鼓的日子。

后来，他把在日本找到的爱情带回了中国，把她安顿在上海。天津城里有他明媒正娶的妻，上海有爱他十年的女孩。

命运的安排，让不同的生命有了交集。

那时他虽然没有信佛，但冥冥之中，他觉得有一种神秘的力量在掌控着他的命运。

李叔同一生的经历，抵得上别人几世。

出家前，他在杭州教书，丰子恺、刘质平都是他的学生。他和夏丏尊是多年好友，他出家的念头，也是这位好友点醒的。

二人经常相约在西湖闲话人生，在湖心亭看云看山，品茗清谈。当时，群山环抱碧水，山水相映，烟水朦胧，像蓬莱仙境，让人心旷神怡。

为了躲避喧嚣，他们经常雇上一只小船来这里吃茶。每次来到这里，他都觉得人生像被洗涤了一样。

有一天，夏丏尊随口对李叔同说了一句：像我们这种人，出家做和尚倒是很好。说者无心，听者有意，李叔同突然就有了出家的念头。

但他觉得时机未到。1915年夏，暑假刚刚结束，李叔同从东京回来，夏丏尊将日本杂志上关于断食的文章给他看。他对这种修行方法跃跃欲试。

后来，他按书上的方法断食修行。这次断食之后，李叔同脱胎换骨，从此爱上了这种禅修的感觉。

满腹才华，擅长琴棋书画，将艺术植入生活，从灿烂繁华到平静，从喜欢喧嚣到爱上修行，他已经到达一种更高的艺术境界。

过尽千帆，内心超然，他已经成了一个纯粹的艺术家。

那一年除夕，家家户户都沉浸在过年的气氛中，李叔同却入山修行。没过多久，他竟然决定出家，皈依佛门，法名"演音"，法号"弘一"。

纵观历史风云，皈依佛门者大有人在。

有人认为，遁入空门并非对人生的顿悟，而是对现实的绝望。而对于李叔同来说，他一直向往心在禅院，身在山林的生活，向往精神的自由和坦荡。

从此以后，他每日研读佛经，身披袈裟，竹杖芒鞋。

李叔同做什么事情都认真，画画认真，教书认真，写文章认真，连做个和尚都那么认真。

他决定出家后，发誓非佛经不读，非佛事不做，非佛语不说。每日粗茶淡饭，过午不食，生活如闲云野鹤。

一个人真正认识自己、了解自己是非常难的，在觉醒后做出决定更难。李叔同放弃荣华富贵，放弃名利，蛰居古寺，并不是消极避世，而是活得通透。有的人虽然也出家了，但一辈子未必能想通透。

三毛：收集世间最后的温暖

小时候曾问最疼爱我的外婆，你什么时候死去啊？外婆怎么回答的，我忘记了，但清楚地记得，当时的我对死并不恐惧，甚至觉得她若去世，可以随时回来，我也可以随时去找她。

孩子的世界，不是黑就是白，充满正义，更相信有神话，有天堂有地狱，有鬼魂有肉身。

作家三毛小时候也一样。从小到大，她脑子里永远充满着奇奇怪怪的想法，喜欢折腾。她早慧，敏感，玲珑剔透得像个精灵。

她是个非常古怪的人。

古怪之一

她从小就喜欢跟"灵异"的事物接近，心思细腻，敏感，有时候说话做事让人惊悚。

离他们家不远的地方是一座坟场，那里寒鸦阵阵，肃杀阴森之气很诡异，让人感到窒息和恐惧。

然而三毛并不害怕，她不仅好奇地抚摸墓碑，还和他们对话，自言自语,甚至爬到坟头上玩泥巴直到天黑。

回到家她对母亲说,我嗅到了灵魂的味道,有人和我说话。母亲吓得脸色铁青,惊讶得张大嘴巴,质问她,你知道那是什么地方吗?她说,知道呀,那里是坟墓,里面埋的都是死人。

古怪之二

她从小就表现得与常人不同,不合群,不爱说话,不像别的小女孩儿喜欢洋娃娃,总是喜欢接触奇怪的人或事物。她还喜欢拾荒,路上的旧木雕、旧瓶子、旧书、丢弃的工艺品等,只要喜欢,她都收藏起来。

她还喜欢看宰羊,看着洁白可爱的羔羊被五花大绑,拼命挣扎,充满恐惧,声嘶力竭地叫喊,她觉得特别开心。

看着屠夫剥开羊皮,她不仅不害怕,反而觉得好玩。

她对一切都充满好奇,听到的、看到的、书上提到的事她都喜欢尝试。有一次,大家都在吃饭,突然听到外面有喧闹声,跑过去一看,只见三毛在水缸里拼命挣扎着求救。大家吓坏了,慌忙把她抱出来。

出来后,她说,感谢耶稣基督。然后笑嘻嘻地说,逗你们玩呢,我只是想试一下溺水的感觉。

她是那么镇定、理智,奇怪的举动让所有人都感到不可思议。

她思维敏捷,对身边事物的态度和看法与常人截然不同。天才都是孤独的、与众不同的,她从小孤僻怪异的性格,注定她此生不走寻常路。

三毛的文学天赋

她从小就是一个敏感的人,喜欢坐在窗前浮想联翩。虽然母亲宠爱她,但周围并没有太多人喜欢和她做朋友,因为她太冰冷了,而且小小年纪,心智却和成人一样成熟,同龄人很难和她产生交集。

偶然机缘,她接触了小人书,从此一发不可收拾,爱上了看书。虽然不识字,但可以借助插图来猜测文章的意思。她悟性极高,很快用此法读了大量图书，包括童话故事。

读小学后，她读了鲁迅、巴金、老舍、周作人、郁达夫、冰心等名家著作，每读一本书，就像在经历另外一种人生。

极高的天赋加上文学修养，让她的人生发生了翻天覆地的变化。

家中藏书看完，她开始用为数不多的零花钱租书看。五年级下学期，三毛读完了《红楼梦》。

她经常逃学，不喜欢被束缚，也不喜欢上课。她有很高的文学领悟能力，对数学却手足无措。

初一的课程她能勉强应付，等升到初二，便心有余而力不足，数学成绩经常不及格。

同学们和数学老师的态度，以及来自家庭的压力，让三毛彻底抑郁了，变得特别自闭。为了让她散心，父母聘请了家庭教师教她画画。

老师叫顾福生，在台湾小有名气，是国民党高级将领顾祝同的二公子，一位台湾画坛新秀。

他不仅教三毛画画，还是她的文学引路人。一天下课后，三毛交给顾福生一篇散文，顾福生将它推荐给了《现代文学》的主编，主编看后赞不绝口，决定采用。

那是三毛的处女作，从此她开始了她的文学生涯。

三毛曾得意地说，我有一个很光荣的记录，就是从小学开始投稿到现在还没有被退过稿。

寂寞的灵魂

三毛从小就是一个很怪的人，在学校，她很不合群，被数学老师鄙视，被同学欺负。

她脑子里经常冒出自杀的念头。第一次自杀，她被抢救过来。那一阵，她感觉特别孤独，白天孤独，夜晚也孤独，感觉自己就像天空的云朵飘来飘去，虽然无拘无束心却无处安放。

终于有一天深夜，她忍不住了，拨通了生命热线的电话。她对着话筒一遍遍重复，活不下去了，救救我啊。

电话那头儿，主持人耐心地说着一些不着边际、珍惜生命的大道理，然而始终感动不了三毛。

在一个台风肆虐的晚上，三毛非常惧怕，她已经走到绝境，深入骨髓的孤独无人能替她消除。她终于爆发了，选择了一种极端的方式，结束生命。

幸好她的父母发现及时，她被抢救过来。

清醒过来，看到憔悴的父母，才意识到自己是多么的任性，为了父母她也要坚强活下去。

此后三毛还有两次自杀记录。一次是10年后，在结婚前夕，未婚夫突发心脏病猝死在三毛怀里，之后她在朋友家服毒自杀，未遂，留下了胃病。

还有一次，就是她离开这个世界的那次自杀。在荣民总医院的高级病房里，她自缢身亡。

三毛的恋情

三毛的初恋是梁光明，文化学院戏剧二年级的一个男生，曾做过小学老师，出版了两本诗集，是当时学院里有名的才子。

因为长得比较帅气，身材修长，所以有很多女孩对他芳心暗许。三毛也不例外。大概有几个月的时间，梁光明走到哪里，她就跟到哪里。

后来他们恋爱了。和许多少男少女一样，他们经过了热恋、冷战、分手。

这是三毛的初恋，也是她最刻骨铭心的一次恋爱。三毛出名后，大部分人只知道荷西，其实，三毛是一个非常讨人喜欢的女子，走到哪里都有人追求。

日本男同学、德国外交官、已婚的画家……都追求过三毛。然而，这只是他们的一厢情愿。三毛不是一个普通女子，物质、才华都不是她择偶的硬性标准，她需要一个懂她，能陪她流浪，一起看日出日落细水长流的知心人。

命运的安排总是那么出其不意，这个人，在遥远的国度出现了。

在西班牙，一个圣诞节，她遇到了荷西，一个还在读高中、有年轻人的朝气和英俊脸庞的大男孩。

他们彼此一见钟情，尤其是荷西，对她爱慕不已。她有点儿心动，但又摇头，觉得不可能，觉得这只是一个男孩青春期的冲动。

从小不合群，孤独寂寞，结婚前未婚夫猝死在自己怀里，这样的经历，换作一般人，早就抑郁了，更何况是对这个世界如此敏感的三毛。

几年后，在台湾，她的感情世界早已千疮百孔。此时，她收到了来自大洋彼岸的一封信，信里夹着一张照片，上面的大男孩，胡子浓密，笑容明朗，粗犷而温和。

曾经他恳求三毛等他六年，四年大学，两年兵役。三毛没有当回事，觉得是戏言。此刻，梦境一样的现实摆在眼前，真的有一个男孩，她为之心动，而他，也热情似火地爱了她六年。

她奋不顾身去了西班牙。

她和荷西正式相爱后，一起住进了沙漠，又共同经历了战乱、逃亡，过着安逸与疲惫交织的生活。三毛几年的生活经历，抵得上别人几世。

命运最终定格在那个死亡之岛——大加纳利。有一次，荷西去潜水，再也没有回来。从此，三毛的流浪结束了，灵魂随荷西一起走了。

那种绝望的孤独，无人能解，从此她像一片落叶，四处飘零。

精神折磨，自身病痛，最终她抑郁自杀。

作家黄佟佟曾经说："一个女人的一生，是追寻爱的过程——男人的爱，女人的爱，孩子的爱。如果运气的缘故追寻不到，不代表她要枯涸而亡，上帝另有安排。"

三毛最爱的荷西走了，她的爱枯竭了。她再也不相信上帝另有安排，因为实在禁不起这种得到又失去的打击。

有的人，注定成为传奇，但代价是凄美的。三毛，我宁愿你是个普通人，只有一点点才华，过着相夫教子，一生平安的生活。

初见，是一朵花开

> 去年今日此门中，
> 人面桃花相映红。
> 人面不知何处去，
> 桃花依旧笑春风。

第一次读到这首浅显易懂的小诗，就被它的韵律和意境吸引。

人生的不期而遇，是多么的美好。

这是一次美丽的遇见。

在一个风和日丽的春日，天地日新，东风日暖，天空晴朗如洗，浮缀几朵纸鸢，河堤垂柳，烟丝袅袅，地上有星星细草。

一个叫崔护的年轻人，进京赶考名落孙山，正打道回府，打算明年卷土重来。

以后的路还很长，虽然落榜了，但年轻不怕失败，所以他身上并没有颓靡之气。

望着这十里桃林，桃花朵朵开，蜜蜂采蜜忙，清风带着桃花的香气，轻轻地，吹得他的心微微荡漾。

他意气风发，雄赳赳气昂昂，忍不住轻轻唱起歌来。

因为是春天，家家忙着播种育苗，女眷在家洗衣做饭打扫卫生，趁着好天气晒晒用了一冬的被褥。

远远地，能听到儿童的嬉闹声。偶有不听话的孩子，被大人三声两声呵斥，顿时哇哇大哭，哭声传得很远很远。

崔护笑笑，他喜欢这样充满了浓浓人情味儿的生活。

他开心地边走边转圈圈。不一会儿，实在太累了，看到路旁有一户柴门人家，花径绕屋，燕子来去，很安静。

他站在门口，可以听到屋里叮叮当当的声音。

里面有人。

当、当、当，有节奏地敲了三下，久无人应，他打算走人。这时，门"吱呀"开了，一位穿着朴素的女子走了出来。

她面若桃花，肤如凝脂，坚挺的小鼻子上渗着汗珠，朱唇轻启，墨发飞扬，崔护不禁看呆了。

他先是打量一下，然后，从脸看到胸，从胸看到腰，再从腰看到裙子，看完之后又盯着她的脖子以下看。

女子被他盯着看，双颊绯红。崔护见状自知失态，微微作揖道："姑娘海涵，在下进京赶考归来，路过此地，疲于赶路，进来讨杯水喝。"

女子见他慈眉善目，英气勃勃，礼仪周全，就大方请他入屋，然后倒了一大碗茶。

崔护一口气饮毕，轻轻擦擦嘴角的茶水，笑眯眯地看向这位姑娘。她也毫不示弱，大方看着崔护，眼神接触刹那，彼此都有好感。

屋内窗明几净，虽是贫寒之家，但一点儿也不邋遢。院子里种满花草，鸡鸭悠闲地卧在沙堆里晒暖，一切生机盎然。

这姑娘我喜欢，崔护心想。

自古才子配佳人。他也到了成家立业的年纪了,身边的莺莺燕燕都不喜欢,他觉得俗气,不比眼前这位姑娘,清丽淡雅,大方温婉。

两人相谈甚欢,心有灵犀地私订了终身。

崔护走后,或挑灯夜读,或游园交友,渐渐忘记了她。

偶尔想起,只知道她叫绛娘,一个朴实的乡村女孩。

转眼又到了赶考的日子。进京路上,崔护不知不觉又走到了昔日的小路上,来到曾经的寒门小院前,回忆去年初遇的情景,竟然失了神。

柴门周围杂草丛生,门锁也生了锈,显然久无人打理,更不见绛娘的身影。

崔护心想,分开那么久,也许她早就不记得自己,另嫁他人,远走他乡。

失落之余,他题了这首《题都城南庄》。

几日后,他不甘心就这样错过,再次来到南庄。

这次,门竟然半开着,他推门进去,看到一位老人,形销骨立,面容憔悴。

崔护自报姓名,声称认识他家姑娘。老人听后,气愤地说:"原来是你这个臭书生害了我女儿啊!实在可恨!看我不打你!"

老人抄起扫把就打,崔护慌忙躲闪。他生气地说:"这位老伯,有话好好讲,我到底怎么得罪你了?"

老人这才道出事情原委。原来,他的女儿绛娘和崔护私订终身后,每日期盼崔护来,拒绝所有求婚者,时间长了,竟害了相思病,久医无效,就在昨日去世了。

崔护难过得无法呼吸,他实在想不到,自己竟害了绛娘。

他跑到屋里,抱着她的尸体大哭,泪流成河。一边哭一边骂自己不是人,忘了白头之约,是他负了她,他是负心汉。

谁知过了一会儿,绛娘的手突然动了一下。他吓一跳,擦干眼泪看看绛娘，她竟然苏醒过来了。

老伯顿时转悲为喜。所谓解铃还须系铃人，崔护这小子真有两下子。

崔护在绛娘家小住，赌书泼茶，莳花弄草，这样的日子永远过不够。

最后他们成了亲。在绛娘的鼓励下，崔护胸有成竹地再次参加科考，一举中第。

后来，崔护官运亨通，官至御史大夫、岭南节度使。

因为这首诗，崔护名声大噪，诗作也流传千古。他们的故事还被文学家改编成故事，流传千古。